サイドキック

矢月秀作

ハルキ文庫

JN210549

角川春樹事務所

本書は、「ランティエ」二〇一五年十二月号～二〇一六年七月号で
連載したものに、加筆修正を行い、新たに書き下ろしを加えた作品です。

目次

Sidekick
サイドキック

プロローグ

黒いワゴンが、骨董通《こっとうどお》りを左折し、路地に入って停車した。

時刻は、午前一時を回ったところ。隠れ家的な店で食事と酒を堪能していた人々も閉店と共に散会し、街は眠りについていた。

ワゴンのスライドドアが開いた。男が三人降りてきた。目だし帽をかぶり、全身黒ずくめだ。

男たちは車の陰に隠れ、道路を挟んだ斜め前の店の正面を見据えた。

周囲を警戒しつつ、店舗が入っているビルの隙間《すきま》に潜り込む。壁沿いに勝手口の前まで進む。ひょろりとした若い男が待っていた。同じく目だし帽で顔を隠している。四人は息を潜めた。

と、小柄な男が弱々しくつぶやいた。

「本当にやるのかい……」

「ここまで来て、何を言ってんだ。金にしか興味のない連中にぎゃふんと言わせてやるんじゃなかったのか?」

大柄の男が言う。

「やっちゃん。気乗りしないならいいんだよ」

中背の男が柔らかな口調で言う。

「おまえも何言ってんだよ！」

大柄の男が中背の男を睨《にら》んだ。

「そもそもこれは、私の個人的理由から始まったものだからね。それにここから先へ踏み出せば、もう私らは戻れなくなる。そんな事態に君たちを巻き込むのは忍びない」

「それは覚悟の上で来たんだ。やっさんもそうだろう？」

大柄の男が小柄な男に目を向けた。

小柄な男はうつむいた。

「吉岡《よしおか》さん、運転免許は持っていましたよね？」

若い男が訊《き》く。

小柄な男が頷《うなず》いた。

「では、車で待機していてくれますか。もし誰かが来たときは、クラクションを一回鳴らして僕たちに報《しら》せ、そのまま車を出してください。その場合は、南青山五丁目交差点あたりで待ち合せましょう。頼めますか？」

若い男が言う。

「わかった。わしはその役目を請け負うよ」

「お願いします」

若い男が頭を下げる。

小柄な男は目だし帽を取り、車へ戻った。

「やっさんも根性ねえな……」

大柄の男が顔を横に振る。

「誰でも怖いですよ。強盗なんて」

若い男が目元を綻《ほころ》ばせた。そして、大柄の男と中背の男を交互に見やる。

「お二人とも、どうします？　迷いがあるようなら、やめておきますが」

「俺はやる」

大柄の男が鼻息を荒くした。

「私もやりますよ。親友の無念だけは晴らしたい。君こそ、私らに付き合うことはないんですよ」

中背の男が、若い男に優しげな眼差《まなざ》しを向けた。

「僕もやります。今のままでは、人生を変えられないんで」

「違う方向に変わるかもしれませんよ」

「それでも、何も変わらないよりはマシですから」

若い男が言った。

中背の男が深く頷く。

「話はついたか？　グズグズしている暇はねえ。やるぞ」

大柄の男が言った。

三人が狙《ねら》っているのは、〈宝福《ほうふく》〉という店だった。

宝福は、首都圏を中心に幅広く展開している宝飾品の買い取り・販売店だ。買い取り専門の一坪店舗もあれば、古物商さながら、買い取りと店舗販売を同時に営業している店もある。

南青山にできたこの店は、買い取りと販売を行なっている、チェーンの中でも中規模の店舗だった。

二週間ほど、下見をした。

店舗は午前十一時から午後十時までオープンしている。店長が一人、店員が二人で店を回している。

午後十時に閉店すると、三十分後に片づけを済ませた店員が二人出てきて、その三十分後に事務処理を終えた店長が店を出て、勝手口の鍵《かぎ》を閉める。

一度だけ、店長が出てくる時間が午前零時を回ったこともあったが、その他の日はほぼ午後十一時過ぎに戸締りをしていた。とっくに店長もいないはずだ。

勝手口のドアの鍵は、一般住宅にも使われているピンタンブラー錠だった。

「金目の物を扱ってるのに、ピンタンブラーはねえな。せめてディンプルじゃねえと。こいつら、防犯をナメてるな」

大柄の男は呆《あき》れたような息を吐き、腰に巻いたウエストポーチから鍵を取り出した。

「合鍵を用意していたんですか？」

若い男が目を丸くする。

「まさか」

大柄の男は笑い、ひょろりとした男の前に鍵を差し出した。

薄明かりに鍵の形状が浮かぶ。一定の高さの凹凸しか刻まれていない妙な鍵だった。

「何ですか、これは？」

中背の男も手元を覗《のぞ》き込む。

「これは、バンプキーってんだ」

大柄の男は言い、穴に鍵を差し込んだ。

「聞いたことありませんね」

中背の男が首を傾《かし》げる。

「そりゃそうだ。こんなものが世に出回りゃ、盗人《ぬすっと》天国になっちまうからな」

話しながら、小さなゴム製のハンマーを出す。

「シリンダー錠の理屈ってのは、どれも基本的に変わらないんだ。上ピンと下ピンがあって、ギザギザの凹凸が下ピンを押し上げると、波打っていた上ピンがシリンダーの上でまっすぐ揃《そろ》う。その時に鍵を回すと、シリンダーが回る。つまり、何本もある上ピンの底をまっすぐにしてしまえば、シリンダーは回るってことだ。このバンプキーを叩《たた》くことで下ピンが跳ね上がり、上ピンがまっすぐに揃ったところでシリンダーを回せば、同じ原理で開いちまうってこと。わかるか？」

「まあ、なんとなく……」

若い男が頷く。

「でも、そんなことができるんですか？」

「まあ、見てろ」

大柄の男は鍵の上に人差し指を置いて、軽くテンションをかけた。そして、慣れた手つきで鍵の底をゴム製のハンマーでトンと叩いた。

男は鍵を摘《つま》み、くるっと回した。

ロックの外れる音が聞こえた。

若い男と中背の男は顔を見合わせて目を見開いた。

「すごい……」

中背の男が思わずつぶやく。

「なぜ、こんな方法を知ってるんですか？　まさか……」

若い男が訊く。

「おいおい、盗人をしたことはねえよ」

大柄の男が苦笑する。

「前の仕事柄、施主から預かった鍵を他のヤツに渡していたり、事務所に置いて来たりして忘れることがあったんだ。いちいち取りに帰るのも面倒だろう？　そういう時、こいつを使って中へ入って、作業している間に誰かに鍵を持ってこさせていたんだ」

大柄の男はバンプキーを抜き、ハンマーと一緒にウエストポーチにしまった。

「いつも、あちこちの戸建てやマンションの鍵を見ると、心配になっちまうよ」

大柄の男はノブを握った。

他の二人を見る。二人は大柄の男と目を合わせ、首を縦に振った。

大柄の男がノブを回した。そっと引き開ける。と、足元に明かりが差した。

三人の目元が強張《こわば》った。

「まだ、誰かいるのか？」

若い男がつぶやく。

「店長が残っているのかもな」

大柄の男が答えた。

「やめましょうか」

中背の男が言った。

「いや、ここまで来たんだ。チャンスは今しかねえ。やらないならいいぞ。俺だけで押し入るから」

大柄の男はドアを大きく開いた。

中へ入っていく。

「僕も行きます」

若い男も続いた。

中背の男は逡巡《しゅんじゅん》していた。襟元につけたラペルピンを握りしめる。目を固く閉じ、開いた。覚悟を決め、店内に入っていく。

大柄の男はどんどん奥へ進んだ。若い男はカウンターで立ち止まった。

中背の男は少し後ろで他の二人の様子を見ていた。

「何だ、君は！」

奥の方で怒鳴り声がした。

すぐさま物が倒れるような音がし、呻《うめ》き声が聞こえてくる。中背の男は、奥へと走った。

直後、背後でガラスの割れる音がした。中背の男はびくりとして立ち止まった。

振り返る。若い男がショーケースを割り、中の宝飾品を片っ端からつかみ、袋に入れていた。

中背の男は奥へ急いだ。

事務室があった。大柄の男は店長の胸ぐらをつかんでいた。右の拳《こぶし》を振り上げている。

「やめなさい！」

中背の男が大柄の男の右腕をつかむ。

「放せ！」

「暴力は振るわないと決めたはずだ！」

「時と場合によるだろうが！　こいつ、警報装置を鳴らそうとしやがったんだ！」

大柄の男が腕を振った。中背の男の手が離れる。

大柄の男は拳を固め、店長の顔に振り下ろした。店長の鼻梁《びりよう》が歪《ゆが》み、血が噴き出た。一瞬にして店長のワイシャツが真っ赤に染まる。

男はもう一度、殴りつけた。歯が折れ、口からこぼれる。

「やめてくれ……」

店長は怯《おび》えた様子で男を見つめ、声を震わせた。

大柄の男が三度、腕を振り上げる。

中背の男は右腕にしがみついた。

「もういい！」

二人の間に割って入り、大柄の男の胸を突き飛ばす。男は手を放し、後退した。店長がその場に頽《くずお》れる。

中背の男は大柄の男をひと睨みし、店長の脇《わき》に屈《かが》んだ。

「申し訳なかったね。売上金はそれかな？」

デスクの上に目を向けた。札の束が並んでいる。店長は何度も頷いた。

「金庫があるだろうが！」

大柄の男が背後から怒鳴った。

店長はびくりと身を竦《すく》ませた。

「そ……そこに……」

指を差す。デスクの後ろにダイヤル式の金庫があった。

大柄の男が金庫に歩み寄った。片膝《かたひざ》をついて、ダイヤルを摘《つま》む。

「番号を言え」

「右30……」

店長が答えだした。男はダイヤルを回していく。

「……左53」

最後の番号を言う。

大柄の男はダイヤルを合わせ、レバーを倒した。

ロックが外れた……と思った瞬間だった。

店内の防犯ベルが鳴り始めた。けたたましいベルの音が耳管をつんざく。

男たちが店内を見回した。

「くそう……。てめえ、トラップ番号教えやがったな」

店長を睨む。

店長は中背の男を突き飛ばし、立ち上がった。中背の男は壁に背中をしたたかに打ちつけた。その場に腰を落とす。

店長が走った。

「そいつを捕まえろ！」

大柄の男が声を張る。

カウンターにいた若い男が、店長の前に躍り出た。

店長は止まらず、頭を低くして、男の懐に飛び込んだ。

男は目を剝《む》いた。たまらず、呻き声を漏らす。店長が腰に食らいつく。男はとっさに店長の襟首をつかんだ。

男と店長がもつれあい、床に倒れた。店長が立ち上がろうとする。男は腕を首に絡めた。

店長はもがいた。男の腕を掻《か》きむしり、足をバタつかせて暴れる。男は店長に逃げられないよう、腕に力を込めた。

店長の顔が赤く膨れ上がった。見開いた眼《め》が血走る。口から呻きが漏れる。

中背の男が駆け寄ってきた。

「ばかもん！　やめんか！」

声を張った。

しかし、若い男は昂《たか》ぶっているせいか、首絞めをやめない。

「やめろ！　死んでしまうぞ！」

中背の男が腕を引きはがそうとする。

店長が中背の男の両襟をつかんだ。

「た……助けて……」

言葉と共に泡があふれた。顔が土気色に変色している。

「たす……け……」

店長の声が掠《かす》れた。

襟を握っていた指から力が抜ける。双眸《そうぼう》は光を失い、宙を見つめるだけ。まもなく、全身が脱力した。

若い男の上に、店長の体がぐったりとのしかかる。

男は腕を解《ほど》いた。肩を上下させ、激しく息を継ぐ。店長を押しのけた。店長の体はぐらりと傾き、男の脇にうつぶせた。

「なんてことを……」

中背の男はすぐさま店長の体を仰向けに起こした。胸元に手を置き、心臓マッサージをする。

若い男は半ば放心状態で、その様子を見ている。

デスクの金を奪った大柄の男が二人の下へ駆けつけた。店長の様子を見て、眉根《まゆね》を寄せた。

「もう、そいつはダメだ」

大柄の男は中背の男の腕を握った。

「ダメだじゃない！」

腕を振り払い、心臓マッサージを続けようとする。

「もうダメだって！」

大柄の男は腕がねじ切れそうなほど強く握り、中背の男を立たせた。

「孝行《たかゆき》、立て！　捕まっちまうぞ！」

捕まるという言葉を耳にし、若い男は目元を強張らせ、立ち上がった。

「逃げるぞ！」

大柄の男が言う。

若い男が宝飾品と売上げの札束を入れた袋を担ぎ、勝手口を飛び出した。大柄の男は中背の男を引きずった。

「放《ほう》っておく気か！」

中背の男が怒鳴る。

「仕方ねえだろうが！　いい加減にしろ！」

大柄の男は中背の男の鳩尾《みぞおち》に拳を叩きこんだ。中背の男は目を剝き、息を詰まらせた。まもなく意識を失う。

大柄の男は肩に中背の男を担ぎ、勝手口を出た。

通りへ出ようとしていた若い男が駆け戻ってくる。

「秋田《あきた》さん！　車がない！」

男が慌てている。

「異常を察知して逃げたんだ。別々に、南青山五丁目の交差点まで行こう。五分後に落ち合う。十分待っても揃わない時は、先にやっさんと戻ってろ。目だし帽は取るんだ。行け！」

大柄の男が命令した。

若い男は頷き、目だし帽を取って、路地を駆け出た。

大柄の男は中背の男を肩から降ろし、自分と男の目だし帽を取って、懐にしまった。脇の下に肩を通し、泥酔客を連れているような素振りで路地を出る。

周囲の様子を確かめ、中背の男を連れ、骨董通りを横切り、反対側の路地に姿を消した。

第1章

1

「まったく……人使いが荒いなあ」

明治神宮前駅の改札を抜けた三木《みき》本鶴磨《もとつるまろ》は、思わずぼやいた。

今日は土曜日。ようやく週末を迎えたというのに、午前五時台の電車に乗って、ここまで出てきた。

あくびが止まらない。鼻息を吐くたびに、鼻の下に蓄えたチョビ髭《ひげ》がかすかにたなびく。

地下から上がり、地上に出た。

地上に出た途端、寒風が吹きつける。額に張りついた薄い前髪がふわりと揺れる。

鶴磨はただでさえ細い目をさらに細め、コートの襟を立てて背を丸めた。とぼとぼと表参道を青山通りに向け、下っていく。

鶴磨は、警視庁青山中央署刑事課に勤務する五十三歳の警部だ。

明け方、強盗殺人事案が発生したとの連絡を受け、現場へ向かっているところだった。

警察官となったのは、正義感や使命感からではない。

公務員だし、何より、警察という肩書を持てば、これまで自分をバカにしてきた親戚《しんせき》や同級生を見返せると思い、高校卒業後にすぐ、採用試験を受けた。

しかし、警察官の仕事は思ったよりハードだった。

交番勤務当時は三交替で夜勤を強いられる。休みも自分の思うようには取れない。

そこで、刑事課へ転属願を出した。刑事は比較的に楽だと吹き込まれたからだ。

が、実際、刑事課に身を置いてみると、地域課勤務よりさらに過酷だった。

犯罪者に、昼も夜も休日もない。事件が起これば、いつ何時でも呼び出され、現場に急行しなければならない。

ようやく休みが取れたと思い、ホッとしていると、指名手配犯を見つけたとの連絡が入って逮捕に向かい、戻るとまた、新たな事件が発生していて現場へ向かう。

刑事課の捜査員は、常に一人が、二十から三十件の事件を抱えている。

一つの事案の捜査に行き詰まった時は、別の事案の捜査をし、それが行き詰まるとまた別の捜査をして……の繰り返し。

心身の休まる暇がなかった。

それ以上に、鶴磨が憂鬱《ゆううつ》なのは、死体を見なければならないことだった。

死体はとにかく苦手だ。

仏さんには申し訳ないが、事件性のある死体にまともな状態のものはない。単純な絞殺死体はまだいいが、めった刺しの死体は見られたものではない。

饐《す》えた血の臭《にお》いや肉の腐った臭いを嗅《か》ぐたびに気が萎《な》える。

仕事柄、数多《あまた》の死体を見てきたが、これぱかりは五十三歳になった今も慣れない。

今日も強盗殺人だという。また死体を見なければいけないのかと思うと、ついため息が漏れた。

顔を伏せ、表参道ヒルズの前を歩いていると、足元にふっと影が差した。肩に衝撃を覚える。誰かがぶつかった。

「あ、申し訳ない」

鶴麿は顔も上げずに詫《わ》び、そのまま立ち去ろうとした。

と、いきなり肩をつかまれた。

「ちょっと待てよ、おっさん」

若い声だった。

顔を上げ、肩越しに後ろを見やる。虎《とら》模様に髪の毛を染め、鼻にピアスを通した若者が、鶴麿を見下ろしていた。

前を向くと、スキンヘッドで体格のいい革ジャケットを着た若い男が道を塞《ふさ》いでいた。

「これ、どうしてくれんだよ」

鼻ピアスの男が足元に目を向けた。

視線を追う。サングラスが落ちていた。左側のレンズは割れ、つるが曲がっている。

男はサングラスを拾い上げた。

「おっさんがぶつかったせいで落として壊れちまった。どうすんだよ。高かったんだぞ、これ」

鶴磨の顔の前でサングラスを振る。

「それはすまなかったね」

鶴磨は言い、歩き出そうとした。

スキンヘッドが鶴磨の肩を握った。

「おいおい、すまなかったじゃすまねえだろうが」

眉《まゆ》を吊《つ》り上げ、睨《にら》む。

鶴磨は深いため息をついた。

典型的な当たり屋だ。わざとぶつかり、最初から壊れている眼鏡や時計を足元に落とし、弁償しろと迫る詐欺行為だった。

「わかったよ。君たちの言い分は聞くから、駅前の交番へ行こう」

鶴磨は言った。

男たちの表情が強張《こわば》る。

鶴磨には幸いだった。現場へ向かう途中、詐欺犯に出くわし、検挙するために到着が遅れたとの理由が立つ。そうすれば、遺体を見なくて済むかもしれない。

「警察は関係ねえだろうよ」

鼻ピアスの男が粋がる。

「どうしてだ？　これは物損事故だろう。警察に事情を聴いてもらっておいた方が、その後の賠償で揉《も》めることもない」

「そりゃ、民事の話だろ。警察は関係ねえ」

スキンヘッドがうそぶいた。

鶴磨は鼻で笑った。

「君は誰に物を言ってるんだね。私は――」

スーツの上着の内ポケットに右手を入れる。

若者たちの顔がますます硬くなる。

ここで身分証を出せば、若者たちも観念する……はずだった。

「あれ……？」

鶴磨はポケットをまさぐった。

身分証がない。

ポケットというポケットを探してみる。しかし、身分証はどこにもなかった。

「忘れたかな……」

あたふたとポケットを引っ張り出しては、何度も確かめる。

その様を見ていた若者たちは、うっすらと笑みを浮かべた。

「脅かすなよ、おっさん」

鼻ピアスの男が胸ぐらをつかんだ。

「君！　この手を放せ！　公務執行妨害で逮捕するぞ！」

鶴磨は声を張った。

が、ピアス男は鼻で笑った。

「もういいよ。警官のふりをして、オレらを脅そうとしたんだろ？　おっさんこそ、いい加減にしろよ」

ぐいっと引き寄せる。

襟首が締まり、鶴磨はたまらず咳《せ》き込んだ。

「き……貴様ら。こんなことをして、ただですむと思うなよ！」

「どうなるってんだ？」

ピアス男は鶴磨を突き飛ばした。

鶴磨はよろよろと後退した拍子に転がっていた空き缶を踏んだ。鶴磨の右足が滑り、跳ね上がった。

「ああっ！」

鶴麿の体が浮き上がり、路肩の植え込みに背中から落ちた。たまらず、顔をしかめる。

「貴様ら！　許さんぞ！」

鶴麿は睨みつけ、立ち上がろうとした。が、コートが枝に引っかかり、立ち上がれない。植え込みでわたわたともがく鶴麿を見て、二人の若者は大笑いした。

鶴麿は顔を真っ赤にし、奥歯を噛《か》みしめた。

指を差して笑っている若者たちが、学生の頃、自分をいじめていた同級生とダブって映る。当時の悔しさを思い出し、涙腺《るいせん》がゆるんだ。

「貴様らー！」

鶴麿が立ち上がる。

しかしすぐさま、スキンヘッドの男に胸ぐらをつかまれ、引き寄せられた。鶴麿の踵《かかと》が浮き上がった。

「暴力はやめろ！」

「いいから、さっさと弁償しろよ。やっちまうぞ」

眉尻を吊り上げ、低い声で恫喝《どうかつ》する。

鶴麿の目尻が下がった。顔から一気に血の気が引く。

鼻ピアスの男がスラックスの後ろポケットをまさぐり、財布を抜き出した。

「あっ！　何をする！」

後ろを見ようとする。体をねじると首が絞まった。たまらず、息を詰まらせる。

鼻ピアスの男が財布を開いた。

「えー、これだけしか持ってねえの？」

札を抜き出す。千円札が三枚しかない。

「給料日前なんだ！」

「しけてんなあ。このカード、もらっとくか」

男はクレジットカードを抜き出した。

「ミキモト……ツルマロ？　おっさん、ツルマロって言うのか？」

鼻ピアスの男が笑いだす。

「マジかよ」

スキンヘッドの男も笑いだした。

「悪いか！」

鶴麿は唇を震わせた。

鼻ピアスの男は、鶴麿のスーツの内ポケットにあったペンを取り出した。

「マロならマロらしい眉毛にしないとな」

そう言い、鶴麿の額に黒い丸を描き始める。

「やめろ、おまえら！　頼むからやめてくれー！」

じたばたし、涙声で叫んだ。

その時だった。

「その手を放しなさい」

女の声が聞こえた。

スキンヘッドの男は、鶴麿の襟をつかんだまま後ろを向いた。

その目に足の甲が飛び込んできた。双眸《そうぼう》を見開く。足の甲が男の顔面にめり込んだ。鼻《び》梁《りょう》が歪《ゆが》み、顔が凹《へこ》む。

女は右足を振り抜いた。男の大きな体軀《たいく》が浮き上がった。鶴麿の襟を握ったまま、真横に吹っ飛ぶ。

男は鶴麿と共に植え込みに突っ込んだ。

「なんだ、こら！」

ピアス男は女を睨み据えた。

グレーのパンツスーツを着たスレンダーな長身の女だった。

女は振り上げた足を下ろした。栗《くり》色の長い髪の端がふわりと揺れ、背中に収まった。

女は右足を前に出し、半身を切っていた。細い立ち姿はランウェイでウォーキングをしているモデルさながらだが、隙《すき》はない。

「磨さんに何をしているの?」

「関係ねえだろ」

ピアス男は女の顔に財布を投げつけた。

が、女はまったく怯《ひる》まず、少しだけ顔を傾けた。

財布は残像をすり抜けたように、女の背後に落ちた。

ピアス男の顔が険しくなる。

植え込みに倒れたスキンヘッドの男も立ち上がった。

鼻からあふれる血を右手の甲で拭《ぬぐ》い、手を振った。血糊《ちのり》がアスファルトに散る。

「高慢な鼻が凹んで、少しはいい男になったわね」

女は片笑みを浮かべた。

スキンヘッドの男は奥歯をぎりっと噛みしめた。

「ナメやがって……」

両の拳を握る。

「もっといい男にしてあげようか?」

大きな瞳《ひとみ》をふっと細めた。

男のこめかみに血管が浮いた。

「ふざけんじゃねえぞ！」

怒声を発すると同時に、右拳を突き出した。

女は左斜め前に踏み出した。右腕を上げ、男の右腕の外側に沿わせる。男の拳は、女の右腕の外側をたどり、顔の横をすり抜けた。

女はそのまま男の右斜め後ろに出た。右足の爪先《つまさき》を男の方に向けた。細い腰がねじれる。顔をひねり、男を見た。同時に、左足を振り上げる。足先は弧を描き、男の後頭部に迫った。

男は首を竦《すく》めた。そこに女の左足の甲がめり込む。肉を打つ鋭い音が響いた。

男は短く呻《うめ》き、双眸《む》を剝いた。

動きが停《と》まった。

「おい……どうした？」

鼻ピアスの男がスキンヘッドの顔を覗き込む。

白目を剝いていた。半開きの口から、血混じりの涎《よだれ》を垂れ流している。まもなく、スキンヘッドの巨体がぐらりと揺らいだ。

前のめりになり、顔からアスファルトに突っ込む。男は意識を失い、尻を突き上げ、ひくひくと痙攣《けいれん》した。

女は左足を頭上より高く上げたまま、鼻ピアスの男を見据えた。

「ご……御前《ごぜん》……」

鶴磨が上体を起こした。

「御前……？　おまえ、青山中央署の御前静花《しずか》か！」

鼻ピアスの男は色を失った。

「私の顔を知らないなんて、君、新参？」

静花は左足を下ろした。男の手元を見る。壊れたサングラスを見て、微笑《ほほえ》む。

「当たり屋か。詐欺、恐喝、警察官に対する暴行容疑で逮捕するわね」

「警察官？」

「磨さんは、私の上司だから」

鶴磨を一瞥《いちべつ》する。

鼻ピアスの男は眉尻を下げ、鶴磨と静花を交互に見やった。動揺を隠せない。

「どうする？　おとなしく私と共に交番へ行ってくれれば、こんなふうにならずに済むんだけど」

静花はスキンヘッドに目を向けた。

鼻ピアスの男はごくりと息を呑《の》んだ。淡々と話す静花は、とても強そうには見えないが、対峙《たいじ》すると、獲物を見据える大蛇のような殺気を感じる。

総毛立ち、身が竦んで動けない。

静花はふっと目元を緩め、髪の端を指で撥《は》ね上げた。

「勝負ありね。そこでおとなしく待ってなさい」

言いつけ、鶴麿に駆け寄った。

「麿さん、大丈夫ですか？」

脇《わき》に屈んで抱き上げる。

鶴麿は静花の腕を振り払った。

「このくらい、どうということはない」

立ち上がり、土埃《つちぼこり》を払う。

「それより、御前。これはいかんな」

地に伏しているスキンヘッドを見つめた。

「彼らは話せばわかる若者だ。私も力を使えば簡単に片づけられたが、我々の使命は、犯罪者を暴力で制すことではない。彼らの良心に問いかけ、更生への道を開いてやることだ。違うかな？」

「麿さんの言う通りです。すみませんでした」

静花はしゅんとして肩をすぼめ、頭を下げた。

「以後、気をつけなさい」

鶴麿は頷《うなず》き、鼻ピアスの男に歩み寄った。

肩に手を置き、微笑みかける。

「君も、二度とこんな真似《まね》はしないように」

余裕を見せ、語りかける。

「さあ、交番へ行こうか」

肩に手を回し、歩き出そうとした時だった。

男は鶴麿の顔面にいきなり肘鉄《ひじてつ》を食らわせた。鶴麿はよろけ、尻餅《しりもち》をついた。

鼻ピアスの男は踵《きびす》を返し、逃げ出した。

「麿さん！」

静花は片膝《かたひざ》をつき、鶴麿の背中に手を当てる。

鶴麿は顔を押さえた。指の間から鼻血が流れ出る。

「大変！」

静花はハンカチを出し、鶴麿の鼻を押さえた。

「いいから、あいつを追え！」

「でも、暴力は——」

「逃亡犯は別だ！　行け！」

鶴麿が大声で言う。

「わかりました」

静花はハンカチを鶴磨に握らせ立ち上がり、鼻ピアスの男を追った。

男は表参道ヒルズ西館の裏にある渋谷区立神宮前小学校の門扉を飛び越え、校内へ入った。静花も男を追い、校内へ入る。

男はポリウレタン敷きの校庭を横切り、校舎の裏へ逃げようとしていた。が、ポリウレタンに脚を取られてつんのめり、倒れた。

静花はまもなく追いついた。

「逃げられないわよ」

男を見下ろす。

男は懐に手を入れた。ナイフをつかみ出す。ストッパーを外し、刃を飛び出させた。身を起こすと同時に、ナイフの刃を水平に振る。

静花は気配を感じ、後ろに跳び避《よ》けた。右足を前に出し、腕を下ろして自然体で構える。

「傷害罪。場合によっては、殺人未遂になるわよ。いいの？」

「うるせえな……。御前だかなんだか知らねえけど、やっちまえば同じだろ？」

男はナイフを右手に握り、腰を落とし、静花に対峙《たいじ》した。

「あらあら、言っちゃった。殺意ありだから、殺人未遂ね。長くなるよ」

「うるせえ！」

男が地を蹴《け》った。ナイフを突き出す。

静花は右爪先を蹴り上げた。男の腕が伸びてくる。静花の爪先は、男の右手首を撥ね上げた。

手首が折れ、ナイフが宙を舞う。男はたまらず、右手首を押さえた。

男の背後で、ナイフが落ち、転がった音がした。

「話して聞かせる方がいいんだろうけど、刃物を出すような子に情けは無用ね」

「やってみろよ！」

男は左拳を振り回した。

静花は右前蹴りを放った。ヒールの底が男の腹部にめり込んだ。男は体をくの字に折り、後方に吹っ飛んだ。尻から落ち、一回転半して地に伏せる。

静花はヒールを鳴らし、歩み寄った。

「私も磨さんも、君たちとじゃれている暇はないの。これでおしまいね」

静花は男の背中に右膝を落とした。

男は目を剝き、仰《の》け反《ぞ》った。

そのまま膝で体を押さえ、鼻ピアスの男の腕を後ろにねじ上げて、両手首に手錠をかけた。

小学校の敷地を出て、表参道まで男を連れ出す。パトカーが複数台来ていた。制服警官が静花を認め、駆け寄ってくる。

「この子をお願いね」

制服警官に男を渡し、すぐ鶴磨に駆け寄る。

「磨さん！」

肩を握り、顔を覗《のぞ》き込む。鼻血は止まっているようだった。が、静花は心配そうに目尻を下げる。少し涙ぐんでいた。

「痛かったでしょう？」

「大したことはない」

「あのような場でも力に頼らない磨さんの姿勢、敬服しました」

静花が言う。

周りにいた制服警官は顔を伏せ、笑いを堪《こら》えた。

「磨さんも南青山の現場へ向かう途中だったんでしょう？」

「そうだが、これではな……」

血まみれのハンカチを見せる。

「私はいったん署に戻って、手当てして現場に行くから」

「じゃあ、私も──」

「君は現場へ行け。警察官たるものの本分を忘れるな」

「そうですね。失礼しました。先に現場へ行っています。磨さんがしっかり現場検証できるよう、遺体もそのままにしておきますね。では」

静花はそう言い、駆け出した。

「仏さんは運び出しておいてくれ！　おい、御前。おーい！」

声をかけるが、振り返ることなく走り去っていった。

「余計な気を回すんじゃないよ……」

鶴麿はため息をつき、近くの制服警官に声をかけ、パトカーに乗り込んだ。

2

南青山の宝飾品買取販売店〈宝福〉の前にはパトカーや捜査車両、鑑識の車がひしめいていた。

赤色灯に照らされ、黄色いテープが張り巡らされた現場周辺には、騒ぎを聞きつけた周辺の住人や店の従業員などが群がっている。

静花は人込みをかき分け、現場へ入った。

「ご苦労さまです」

制服警官が静花を認め、ビニールキャップや手袋などを渡す。

静花は頭にキャップを被《かぶ》り、ビニール手袋をし、ヒールの上からビニールを被せて、勝手口から店内へ入った。

「遅かったな、御前」

すぐさま、グレーのコートを着た背の高い刑事が声をかけてきた。

刑事課長の篠宮清士郎《しのみやせいしろう》だ。篠宮は大卒で三十七歳のノンキャリアだ。スタイリッシュなスーツ姿は、長身と彫りの深い顔立ちによく似合う。現場にもよく精通していて、的確な指示と無駄のない捜査手腕には定評がある。

もちろん、署内の女性警察官の間でもダントツの人気だ。しかし、篠宮は周りの女性には一切見向きもしない。

また、篠宮ほどの実績があれば本庁勤務も可能だが、打診されても本庁勤務を断わり続けている。

それもこれも、青山中央署に御前静花がいるからだ、というのが署内では公然の秘密として噂《うわさ》されている。

ただ、周りの警察官がそれについて嫉妬《しっと》することはない。

若手ホープの篠宮とモデル並みの器量を持つ静花との組み合わせは、あまりに似合いすぎて、異論の余地もないからだ。

しかし、当の静花は、篠宮のアプローチをことごとく黙殺し、鶴磨に熱を上げている。

よりによって、なぜ鶴磨なのか……。

青山中央署最大のミステリーだった。

「すみません、当たり屋の処理に追われていたものですから」

静花は、篠宮の問いに答えた。

「当たり屋？　ひょっとして、先ほど表参道で磨さんが被害に遭いそうになったという事案か？」

「そうです」

「なぜ君が、そんなところにいたんだ」

「磨さんは、朝早い時間にこっちへ出てくるときは必ず、明治神宮前駅で降りて、表参道を歩いてくるんです。目を覚ますのに一駅前で降りて歩くんだそうです。なので、迎えに行きました」

「君が迎えに行くことはないだろう」

「直属の上司を出迎えるのは、ごく普通の行為だと思いますが？」

静花は悪びれもせず、篠宮を見つめた。

「まったく、君はなぜそれほど磨さんに入れ込むんだ……」

ため息をつき、顔を小さく振り、視線を上げる。

静花はすでに篠宮の前から去り、遺体の脇に向かっていた。篠宮も静花を追う。

ベテランの鑑識官、能見祥平《のうみしょうへい》が遺体の見分をしていた。

「お疲れさまです」

静花が声をかける。

「おお、御前か。磨さんは？」

「少し遅れます」

「あいつは、死体が嫌いだからな」

能見が笑う。

能見と鶴磨は同期で、署内でも旧知の間柄だった。

静花は遺体の脇に屈み、目を閉じ、両手を合わせた。しばし黙禱《もくとう》した後、能見を見やる。

「どうですか？」

状況を訊《き》く。

「扼殺《やくさつ》だな。背後から腕で絞められたようだ」

能見は首の痣《あざ》を指で差した。

紫色に変色した太い痣が前頸部《ぜんけいぶ》から左右の動脈と静脈のあるあたりに走っている。痣は右の方が太く、左の方が若干細くなっている。

「犯人は右利きですか？」

「だろうな。細いが筋肉質の者だろう。仏さんの指からは、これが採取されたよ」

能見はビニール袋を差し出した。

静花は袋を摘み、中を見た。黒い繊維が入っていた。犯人の衣服の繊維だろう。被害者が首を絞められもがく時、多くの場合、犯人の腕を掻《か》きむしる。その時、爪の中に衣服の繊維や犯人の皮膚や肉が残ることがある。こうしたものも、犯人を特定する重要な証拠だ。

「顔に打撲痕《だぼくこん》がありますね」

静花が言う。

「殴られた後に、扼殺されたということですか？」

「そういうことになるが、殴った者と首を絞めた者は別人かもしれないな。首の痣から推察する腕の太さだと、打撲痕の拳の大きさは、ちょっと大きすぎるような気もする。まあ、細いわりに拳が大きい者もいるから断定はできんが、店内の荒らされようを見ても、犯人は複数と考える方が妥当だろうな」

能見は屈んだまま、室内をぐるりと見回した。静花も店内を見渡す。

店頭のショーケースは砕かれ、中にあったと思われる宝飾品はなくなっている。ショーケースの周りに宝飾品が散乱しているところを見ると、犯人が無造作に宝飾品をかき集め、あわてて持って逃げた様子がよくわかる。

静花は立ち上がった。

「おい、仏さんを運び出すぞ」

能見が鑑識官に声をかける。

「能見さん。磨さんが来るまで、そのままにしておいてくれませんか？」

「いいよいいよ。あいつは本当に死体はダメなんだから」

能見が話していると、勝手口の方から挨拶《あいさつ》する声が聞こえてきた。

能見と静花がドア口を見やる。鶴磨の姿があった。

「よかった。能見さん、ちょっと待っていてください」

静花が鶴磨の下に駆けていく。

「あーあ、本当にあいつもタイミング悪いな」

能見は苦笑した。

「磨さん、お疲れさまです」

静花が声をかける。

鶴磨は、鼻の頭に大きな絆創膏《ばんそうこう》を貼《は》っていた。頬骨《ほおぼね》の傷にも絆創膏を貼っている。右の鼻孔に脱脂綿を詰めている。ネクタイもよれたままだった。

「大丈夫ですか？」

静花は心配そうに顔を覗き込み、ネクタイを直そうと手を伸ばした。

周りの刑事が顔を背け、笑いを嚙み殺した。

鶴磨はその雰囲気に気づいた。

「たいしたことはない！　仕事をしたまえ、仕事を！」

静花の手を払い、必要以上に声を張る。

「すみませんでした。磨さん、早速、遺体の見分を」

静花が遺体の方へ歩く。

鶴磨の顔が強張った。目を向けると、能見がにやにやしながら、鶴磨を見ていた。

「遺体は運び出しておけと言ったのに……」

鶴磨が躊躇《ちゅうちょ》していると、篠宮が脇に立った。

「磨さん、ケガは大丈夫ですか？」

「あ、これはこれは、課長！」

鶴磨はあわてて襟元を整え、笑顔を作った。

「いやあ、この程度の傷はなんでもないですよ。警察官たるもの、常に鍛えていますから」

そう言い、胸を叩《たた》く。が、あまりに勢いをつけすぎて息が詰まり、むせ返った。

作業をしていた鑑識官もくすくすと小さな笑声を漏らした。

鶴磨の顔が赤くなる。

「なぜ、この人なんだろうな……」

篠宮がつぶやく。

「課長、何か？」

「いや……。早速、遺体を見分してもらえますか？」

「いえ、見分は能見君がいるなら大丈夫でしょう。私は室内を調べさせていただきます」

鶴麿は言い、遺体から最も遠い場所にある事務室内へ向かった。

「麿さん、こっちですよ！」

静花が声をかける。

「そこは能見君に任せておけ！」

「ですが――」

「我々はチームだ！　私には私の、君には君のすべきことがある。考えろ！」

鶴麿は言い、小走りで事務室へ逃げ込んだ。

周りの警察官はみな、笑いを嚙み殺していた。篠宮も呆《あき》れて、息を吐く。

が、静花だけは深く聞き入り、頷《うなず》いた。

「すみませんでした！」

頭を下げ、能見を見る。

「じゃあ、ここはお願いします」

そう言い、遺体の下を離れた。

能見と同じく見分を行なっていた若い鑑識官が、能見に顔を寄せる。

「御前さんはなんで、磨さんにあんなに従順なんでしょうね？」

「さあな。何か、理由があるのだろう」

能見は静花の背を見つめ、目を細めた。

「さあ、仏さんを運ぶぞ」

能見は指示をした。


鶴磨は事務室内で作業をしていた鑑識官に声をかけ、部屋の隅へ行った。ちらりと振り返る。遺体は見えない。

「今回は仏さんを見なくて済んだな」

安堵《あんど》の息を漏らす。

「磨さん、こっちは俺らが調べておきますよ」

若い刑事が言う。

「現場は隅々まで見ておく。刑事の鉄則だ」

鶴磨は言い、再び、振り返った。

グレーのビニール袋に包まれた遺体が運び出されるところだった。

鶴磨はあわてて目を逸《そ》らし、その場に屈みこんだ。

「どうかしましたか？」

刑事が声をかける。

「隅々まで調べているところだ！」

鶴磨は言い、背後の音を気にしつつ、金庫の隙間《すきま》を覗き込んだ。

何かを探すふりをして、やり過ごすつもりだった。

が、その隙間に光るものがあった。

鶴磨は手を差し入れ、その光るものを引き寄せた。手に取ってみる。

「おお、これは！」

鶴磨の目が輝いた。

車の飾りがついた銀色のラペルピンだ。飾りは、一九七〇年代に名車と言われた日産スカイラインGT―Rだった。

このラペルピンには、深い思い出があった。

GT―Rが売り出されたのは、一九六九年。当時、ある販売店で、販促用としてこのラペルピンが作られた。

従兄《いとこ》がGT―Rを購入し、その時このラペルピンを手に入れた。

従兄は、そうした小物に興味のない男だった。当時七歳だった鶴磨は、ラペルピンをくれと従兄に頼み込んだが、従兄はくれなかった。

ある時、従兄が出かけている際に従兄の部屋へ入った鶴磨は、机に置いてあったラペルピンを手に取り、眺めていた。

と、そのとき戻ってきた従兄に見つかった。

従兄は、鶴磨がラペルピンを盗もうとしたと思ったようで、その場でしこたま殴られ、蹴られた。

違うと言っても、従兄は信じてくれなかった。

しまいには、鶴磨の父親にも怒られ、親戚や両親の前で、手をついて土下座する羽目になった。

ラペルピンを見つめているうちに、あの日の苦い思い出が甦《よみがえ》ってきた。悔しくて、唇を噛む。

が、今見ても、このラペルピンは魅力的だった。

なぜ、こんなところにあるのだろう……。

室内を見回す。ショーケースにあっただろう宝飾品が散乱し、事務室にまで転がってきている。

犯人が荒らした時、もしくは店長と争った時に、飛んできたのかもしれないな。

鶴磨は周囲を見回した。部屋の隅にいるのは鶴磨だけだ。それぞれが自分たちの仕事に没頭し、鶴磨を見ている者はいない。

鶴磨は、ごくりと唾《つば》を飲み込んだ。

「ちょっとだけだ……」

小さく頷き、ラペルピンを上着のポケットに入れようとした。が、手を止めた。

鼓動が速くなる。こめかみに、じんわり汗が滲《にじ》む。

今、元の場所に戻せば、盗んだことにはならない。しかし、憧《あこが》れの品を前にして、どうしても自分の物にしたいという欲望が湧《わ》きたつ。

鶴磨は部屋の隅で激しく葛藤《かっとう》していた。

「磨さん！」

いきなり、静花が声をかけてきた。

鶴磨は、びっくりした拍子にラペルピンをポケットに入れた。

「何か見つけました？」

「ここには何もないようだ」

急いでポケットから手を出し、立ち上がる。

「大丈夫ですか？　顔色がよくないですよ」

「ああ、さっきの格闘の疲れが出たのかもしれないな。先に署に戻っておくよ」

「それがいいです。送りましょうか？」

「いや、君は捜査を」

鶴磨は命じ、そそくさと表に出た。

テープの外に出て、署へ向かう。顔の汗を寒風がさらう。

「やっちまったなあ……」

鶴磨は上着のポケットを握りしめた。

3

中島茂春《なかじましげはる》は、練馬区にある敬老館の一室にこもっていた。他に、吉岡安夫《やすお》と秋田源次《げんじ》がいる。三人は座卓を囲み、険しい表情をして座り込んでいた。

ドアがノックされた。

小柄で猫背な吉岡が、びくりとして背筋を伸ばした。大柄な秋田が眉尻を吊《つ》り上げ、ドア口を睨む。

「失礼します」

ドアが開いた。ひょろりとした若い男が現われた。橋爪《はしづめ》孝行だった。薄い水色の作業着を着ていた。

橋爪は、ポットや湯呑《ゆの》みを載せた盆を持っていた。中へ入ってくる。ドアを閉め、内鍵をかけた。

空いている場所に座り、盆を座卓に置く。

「お茶でもどうですか？」

「そうだな」

秋田が言う。

橋爪は急須に茶葉を入れ、ポットの湯を注いだ。湯呑みを並べ、お茶を淹《い》れていく。一つ一つを秋田たちの前に差し出した。

秋田と橋爪は湯呑みを取り、茶を啜《すす》った。中島と吉岡は湯呑みを取ろうともせず、うつむいて押し黙っている。

座卓には新聞も置かれていた。広げられた三面には、南青山の宝福で起こった強盗殺人事件の記事が載っている。

中島が顔を上げた。

「私が自首するよ」

三人を見つめる。

「シゲさん、何言ってんだ！」

秋田が野太い声で言った。

「そうだよ、シゲさん。シゲさんが捕まったら、わしらも捕まってしまう……」

吉岡が眉尻を下げる。

中島は笑みを浮かべ、吉岡に顔を向けた。

「やっちゃん、源さんに孝行君。すべて、私が一人でやったことにすればいい」

中島は言い、新聞記事に目を向けた。

「それは無茶ですよ、中島さん！」

橋爪が身を乗り出した。

中島は微笑んだまま、顔を小さく振った。

「私が君たちに関係のない親友の無念を晴らしたいと言い出したことが発端だ。今回の件の責任はすべて、私にある。警察も、私の自供に整合性があれば、それ以上捜査はするまい。君たちが逮捕されることはない」

「けど、それじゃあ、シゲさんは刑務所で一生を終えちまうよ」

吉岡が言う。

「いいんだよ、それで。それだけのことをしてしまったんだから。私が負うべき罪だ」

中島は言い切った。

中島と吉岡、秋田は、敬老館に集う老人仲間だった。それぞれ六十の半ばも過ぎ、人生の余暇を楽しんでいた。

しかし、一年前、静かな時を過ごしていた中島の下に一つの訃報《ふほう》が舞い込んだ。

学生時代からの親友だった綾部《あやべ》一二三《ひふみ》が亡くなった。それも自殺だという。

中島は、綾部が自殺した原因を探った。そして、綾部が自死を選んだ真相を知った。

綾部は、宝福の店舗がある南青山のあの場所で古物商を営んでいた。高価な宝石や絵画から、巷《ちまた》で流行《はや》ったものの記念品やオブジェまで。綾部が気に入ったものを集め、販売していた。

儲《もう》かってはいないようだったが、マニアの間では思わぬ掘り出し物があると有名で、客足が途絶えたことはなかった。

中島と同じく、家族を持たない綾部にとって、店は唯一の拠《よ》り所《どころ》だった。

ある時、綾部は知人を通じて、多くの絵画を仕入れることになった。どれも有名な作家の作品で価値あるものだ。が、出所が気になり、綾部は購入を躊躇していた。

しかし、絵画を持ち込んだ者がどうしても金が必要だというので、渋々購入した。

そのわずか三日後、警察OBを名乗る者が綾部の店に乗り込んできた。

絵画は盗品だということだった。しかも、少々厄介な人物の所有物だったという。

綾部は多額の示談金を請求された。盗難から数年が経過しており、本来、綾部に弁済義務はないが、そうした理屈が通用する相手ではなく、できれば穏便に済ませたいという。でなければ、店がどうなるか保証できないとも言われた。

店は手放したくない。今後、営業を続けるのにトラブルも困る。綾部は何とか示談金を作ろうと金策に奔走した。

その時、綾部に売り手を紹介した知人が、自分にも責任があると、金の都合をつけてくれた。

が、それが罠《わな》だった。

金を出したのは南青山の宝福の関係者で、その金額を工面してもらう代わりに、綾部は知らぬ間に知人が借りた金の連帯保証人にされた。

綾部は知らないと突っぱねたが、契約書そのものは有効で、どうにもならなかった。

後日、その知人も宝福とグルだったことがわかった。

すべてがわかった時には、もう綾部は唯一の居場所だった店を失っていた。

絶望の淵《ふち》に追いやられた綾部は、人知れず、六畳一間のアパートで首を括《くく》り、この世を去った。

中島は、綾部の死の真相を知り、憤った。

話してくれていればと思った。それ以上に、親友の苦悩に気づけなかった自分を恥じた。

そして、せめて、綾部を無情の死に追い込んだ宝福に一矢を報いたいと思うようになった。

中島は一人、ひそかに計画を立てていた。

それに気づいたのが、吉岡と秋田だった。黙っているつもりだったが、しつこく訊かれ、中島はつい二人に事情を話した。

二人は、自分たちも付き合わせてほしいと願い出た。

二人とも、それぞれに事情を抱えていた。

吉岡の家族は山梨にいた。が、長い間、家庭も顧みず単身赴任で離れて暮らしていたせいもあり、いつの間にか家での居場所を失っていた。退職後、一度は家族の元に戻ったが、居づらくなり、東京へ帰ってきて独りアパートで暮らしている。

秋田は郊外でリフォーム会社を営んでいた。ワンマンで会社を引っ張ってきたが、還暦を機に息子に会社を譲った。秋田は会社に関《かか》わりつつ、余生を楽しむつもりだったが、息子と経営方針をめぐって対立し、挙句の果てに会社から放《ほう》り出された。

家でも妻と衝突し、秋田も家庭に居場所をなくして、都内に２Ｋのマンションを買って別居生活を始めた。今では、家族からの連絡も一切なくなったという。

秋田は、中島と吉岡に、宝福から奪った金で、自分たちと同じような境遇の老人たちだけで運営するリフォーム会社を作ろうと言った。

技術はあるが、暇を持て余している老人は多い。そうした老人たちが同年代の老人たちの要望を聞いて、格安で住まいのリフォームをする。

とてもいい話だった。

老人たちは何もしたくないわけではない。働こうにも雇ってくれるところがなく、勝手に社会から隔絶されているだけだ。

働く場所を得て、人々に必要とされれば、生き甲斐《がい》も生まれ、活力も漲《みなぎ》る。

何より、親しい者同士で第二の人生を送るのも悪くないと思った。

しかしそれなら、盗んだ金でなく、正規に銀行から借り入れた金の方がいいと、中島は思った。

だが、秋田の話では、担保も持たない老人に金を貸す銀行はないという。

実際、中島自身も知人を通じてそれとなく当たってみたが、話し合いにすらならなかった。

それぞれが憤りを感じていた。

中島は、自分たちの憤りを拝金主義者たちにぶつけてもいいのではないかと感じ始めていた。

そうして計画を練っている時、秋田が橋爪を連れてきた。

橋爪は、敬老館にあるトレーニング器具の使い方を教える二十代後半の指導員だった。

秋田は、橋爪をぜひとも加えたいと言った。

話を聞いてみると、橋爪もまた、世の中に憤りを感じていた。

介護福祉士の資格を持ち、介護職員として働いていたものの、あまりに過酷な労働環境で心身のバランスを崩し、離職していた。

しばらくは実家にいたが、いつまでも職に就かない息子を嫌忌した両親は、橋爪を家から追い出した。

橋爪はコンビニや宅配便の荷分け作業のバイトをかけ持って、なんとか暮らしていたが、それも体を壊し、やめてしまった。

今は、区の福祉課の提案で、トレーニング器具の使い方を勉強し、指導員として働いている。

しかし、指導員の給料は決して高くはない。生活費にも事欠くほどで、足りない分は消費者金融などから借り入れ、補塡《ほてん》していた。

真面目に働いてもまともに暮らせない現状に、橋爪は疲弊していた。

その話を聞いた秋田は、自分たちが立ち上げようとしているリフォーム会社への就労を提案した。

もちろん、その前の〝仕事〟の件も含めてだ。

橋爪は、二つ返事で提案に乗った。

何もしないまま、何もできないまま、労働に殺されるのだけは御免だった。

それなら、自ら行動を起こして、自分の人生を変えたいと、中島たちに強く語った。

中島は戸惑った。

吉岡や秋田を巻き込むことにも逡巡《しゅんじゅん》した。しかし、彼らは中島と同じく、老い先短い人生だ。最後の花を咲かせるのもいいだろう。

一方、橋爪はまだ若い。万が一、刑務所に入るようなことになれば、彼の人生を潰《つぶ》すことになる。

中島は何度となく、橋爪に考え直すよう促した。

が、橋爪の決意は固い。橋爪も歳《とし》は違うが同じような憤りを抱えた者だった。

中島は、橋爪のやり場のない憤りをひしひしと感じ、仲間に招き入れることにした。

計画は簡単なものだった。

宝福の閉店後、店に忍び込み、金品を奪うのみ。万が一、誰かに見つかっても、暴力は振るわず、金品だけを手にして逃走する。

中島はそれだけでよかった。

が……。

終わってみると、事は思わぬ方向に転がり、強盗殺人事件となってしまった。

しかも、最も若い橋爪を殺人犯にしてしまった。

中島は悔いた。

やはり、犯罪など考えるべきではなかった。実行するなら、せめて一人ですべきだった。

何より、これから最も長い人生を送る橋爪に重い十字架を背負わせてしまったことが、慚愧《ざんき》に堪えなかった。

だから、決断した。

一人で罪を被ろうと。

橋爪の人生を奪うことはできない。秋田や吉岡には、行き場を失っている同世代の者たちの居場所を作ってやってほしい。

すべてを叶《かな》えるには、自分一人で罪を背負うしかない。

中島の決心は揺るぎないものとなっていた。

「本当に自首するのか？」

秋田は中島を見つめた。

「ああ、そうする」

「しかし、防犯カメラに俺たちの姿は映ってる」

「そうだよ。足跡《あしあと》も残っているだろうし……」

吉岡はうなだれた。

「それは、私が見知らぬ者に頼んだことにする。ともかく、殺人の件だけはハッキリさせておかなければ、孝行君に拭いようのない罪を負わせることになるからね」

「盗んだものはどうする？」

秋田が訊いた。

「それは綾部の金を回収したものだ。品物は換金して、その金で予定通り、年寄りたちのリフォーム会社を作ってくれ。孝行君も、源さんややっちゃんを支えてほしい」

「中島さん……。やっぱり、僕も自首を――」

橋爪の言葉を、中島は右手のひらを向けて制した。顔を横に振り、微笑む。

「すべては私のせいだ。君は忘れなさい」

「盗んだものが見つからないと、警察は疑うんじゃないかなあ」

吉岡が言う。

「大丈夫。手は考えるよ」

「いつ、自首するんだい？」

秋田が訊いた。

「二週間後。私がシナリオを考えて、みんなで口裏を合わせる。それまで、普段通りにしておいてくれ」

「本当にそれでいいんだな？」

秋田が念を押した。

中島は深く頷いた。

「わかった。もう何も言わねえ。そうするよ。やっさん、孝行、おまえらもそれでいいな？」

秋田は二人を交互に見た。

二人は静かに頷いた。

「よし。じゃあ、この二週間で、シゲさんには悔いのないよう、シャバを楽しんでもらおう。今日は焼肉を食いに行くぞ」

「……そうですね」

橋爪が笑みを浮かべた。

吉岡も小さく頷く。

「みんな、ありがとう」

中島は深々と頭を垂れた。

4

青山中央署では、宝福の強盗殺人事件の捜査が続いていた。

強盗団の線、殺された店長、花田喜一《はなだきいち》の周辺、店員や宝福チェーンの関係者など、幅広い線での捜査が行なわれている。

鶴磨は、他の捜査員が外を駆けずり回っている中、ほとんどの時間を署内で過ごしていた。

上がってきた情報を分析するという名目だ。

が、本音は面倒だからの一言に尽きる。

聞き込みはとにかく疲れる。

テレビドラマのように、都合よく目撃者が現われたり、重要な手がかりを証言する者に遭遇したりすることはめったにない。朝から晩まで歩き回っても空振りに終わるほうが普通だ。

そうした面倒は、若い連中に任せておけばいい。

「今日は冷えるなあ」

暖房の効いた部屋で身震いした鶴磨は、席を立ち、作り置きのコーヒーをカップに注いだ。

カップを回して、香ばしい薫りを楽しみ、口をつけようとする。

と、いきなり、刑事部屋のドアが開いた。

「ただいま戻りました！」

静花の声だった。

大きな声を耳にし、うっかり熱いコーヒーに唇をつけた。

「あつっ！　もう少し、おとなしく入ってこい！」

指で唇を揉《も》む。

「すみません！」

静花は鶴磨の下に駆け寄った。

鶴磨が席へ戻ると、静花は金魚の糞《ふん》のようについてきた。

静花と共に聞き込みに出ていた浜中《はまなか》という若い刑事も、鶴磨の席に歩み寄った。

「何か、進展はあったか？」

鶴磨が訊く。

「近隣の聞き込みに当たっているんですが、これといった情報はまだです」

静花が答える。

「防犯カメラの映像の解析は？」

「続けているようですが、手がかりになるようなものは見つかっていないようですね」

浜中が言った。

「なかなか骨の折れる事件だな。しかし、捜査は粘りだよ、君たち。足を棒にし、細かなところまで地道に聞いて回る。その手間を惜しんじゃいけない」

「はい」

静花は強く頷いた。

浜中が失笑する。

「なんだ、浜中。言いたいことでもあるのか？」

「いえ、ありがたく拝聴しました。あれ、磨さん。それは、どうしたんです？」

浜中が鶴磨のスーツの襟元を見つめた。

ラペルホールにピンが刺さっていた。

「ああ、これか？」

鶴磨は、襟を摘んで誇らしげに押し出した。

「これは、六九年製のＧＴ―Ｒの記念ラペルピンだよ。知っているか、スカイラインＧＴ―Ｒを？」

浜中を見やる。

「さあ。自分、車には興味がないもんで」

「いかんなあ。興味がなくても知っておくことが大事なんだよ。ＧＴ―Ｒは発売当時最高峰のＳ20型エンジンを搭載したスポーツカーでだな。これ以降のセダンタイプのスポーツカーを牽引《けんいん》する名車として――」

小鼻を膨らませ、自慢げに語っていると、制服警官が飛び込んできた。

「三木本警部！」

「なんだね」

鶴磨は、うんちく語りを遮られ、あからさまに口角を下げた。

「宝福の強盗殺人事案の犯人だという人物が自首してきました！」

制服警官が昂《たか》ぶった様子で声を上擦らせる。

「自首だと？」

鶴磨は刑事部屋を見た。全員出払い、いるのは鶴磨と静花、浜中だけだ。

強盗殺人犯の取り調べは、気が進まない。いくらおとなしそうに見えても、殺人を犯すような輩《やから》だ。時に、暴れることもある。

襲い掛かってきた犯人の拳が顔に当たり、鼻血を出したこともある。

「どういう人物だ」

「中島茂春という老人です」

「老人？」

「はい。本人は六十七歳だと言っています」

「六十七の老人か……。わかった。私が取り調べよう。一番の部屋へその老人を連れてくるように」

鶴麿は制服警官に言った。制服警官は返事をし、部屋を出た。鶴麿はコーヒーを一口含み、立ち上がった。

「御前、私と一緒に。浜中は篠宮課長に報告したのち、取調室へ来るように」

「わかりました」

浜中はすぐにスマートフォンを取り出し、篠宮の番号に電話した。

「御前、行くぞ」

「はい」

静花は少しだけ頬を赤らめ、鶴麿についていった。

鶴麿と静花は、先に取調室へ入った。

まもなく、ドアが開く。浜中が、中島茂春をつれ、中へ入ってきた。

中島は中背で、穏やかな雰囲気をまとった白髪の老人だった。威圧するような怖さはない。鶴麿の胸中に余裕が広がった。

「磨さん、課長には連絡を入れておきました」

「ご苦労。そのご老人をこちらへ」

鶴麿が言う。

対面の席を手で差す。

中島はパイプ椅子を引き、浅く腰掛けた。

「浜中君。記録係を頼む」

「はい」

浜中は、取調室の角に置かれた机の前に座った。ノートパソコンを広げ、調書のフォーマットを表示し、キーボードに指を置いた。

「準備できました」

浜中の言葉に、鶴麿は頷いた。

机に指を組んだ両手を乗せ、中島に笑顔を向けた。

「お名前と年齢を、お願いできますか？」

柔らかな口調で訊く。

「中島茂春。六十七歳です」

「ご住所を」

「練馬区豊玉北《とよたまきた》六丁目の――」

中島はすらすらと語った。面持ちに多少の緊張感はあるが、落ち着いたものだった。

静花は鶴暦の後ろに立ち、中島の様子を見ながら、違和感を覚えた。

覚悟して自首してきたのだろうが、それでも一般人が警察署の取調室に入って、落ち着き払っている様子はめったに見ない。

静花は取調室を出て、自席に戻り、パソコンを起動した。警察内部のデータベースにアクセスして、中島茂春を照会してみる。

前科はなかった。

何かしら、あの落ち着きぶりは……。

違和感を抱いたまま、取調室に戻る。取り調べは、淡々と続いていた。

浜中の下に歩み寄り、調書を覗く。事件の詳細が語られていた。

中島の供述は明快だった。

宝福のあった場所で古物商を営んでいた親友の綾部一二三が自殺した。

原因を探ってみると、宝福に騙《だま》され、店を取られたことがわかり、その無念を晴らすため、宝福へ侵入した。

無人の店舗に侵入するはずが、店長が残っていて争いになり、誤って殺してしまった。背後から首に腕を巻き、絞め殺したという。

その後、ショーケースやデスクにあった金品を奪い、逃走したということだった。

話に矛盾はない。しかし、もうひとつしっくりこない。静花は浜中に顔を寄せた。

「どう思う?」

小声で訊く。

「一人で、というのはちょっと信じられないですね」

浜中も疑念を口にした。

静花は机に歩み寄った。

「中島さん。一ついいですか?」

声をかける。

「なんだ、御前。私の取り調べ中だぞ」

「すみません。ちょっと疑問に思ったことがあったもので。いいですか?」

「早くしろ」

鶴麿は口をへの字に曲げ、腕組みをした。

「中島さんは、本当に現場にいたんですか?」

「私が押し入り、殺しましたから」

「証明できますか？」

静花は笑顔で詰め寄った。

「それ」

中島が鶴麿の襟元を見る。

「これですか？」

静花はラペルピンを指さした。

「GT―Rの記念ラペルピンですね。六九年製の」

「よくご存じですな」

鶴麿は微笑み、胸を張った。

「私も同じ物を持っていました。それを現場で落としました。争った時に落としたと思うんですが」

中島が言う。

鶴麿の笑みが固まった。静花が鶴麿を見据える。背後からも、浜中の視線を感じた。

鶴麿は窒息しそうだった。

まさか、犯人のものだったとは……。

動悸《どうき》が速くなる。顔から血の気が失《う》せていく。

「麿さん、まさか……」

浜中がつぶやいた。

鶴麿は目を閉じ、大きく息を吸い込んだ。吐き出すとともに笑い声を立てる。

「やはり、そうでしたか」

「麿さん、やはりとは？」

静花が訊く。

「中島さん。あなたの言う通り、これは現場に落ちていたあなたのラペルピンです」

鶴麿はピンを外し、机に置いた。

「証拠品を付けていたんですか！」

静花は驚き、目を丸くした。

「パクるつもりだったんだな……」

浜中は訝《いぶか》しげに目を細めた。

鶴麿は外野の雑音は無視し、話を続けた。

「これは決して高いものではありませんが、持っている人にとってはダイヤモンド以上の宝物です。犯人がもし、これを見たら、何らかの反応を示さずにはいられない。しかし、証拠品として倉庫に眠らせてしまえば、これが切り札になることはなかったでしょう。興味のない者にはただのガラクタですからね」

浜中を一瞥《いちべつ》する。

浜中は自分が責められているような気がして、うつむいた。

「だが、これが犯人の持ち物なら、必ず何らかの興味を示す。そこから、自供への道は開かれる。私はそう確信し、これを証拠品のように見せず、わざと襟元に飾っていたんだよ。そして予想通り、持ち主である中島さんは自ら自分の物だと認めた。それほど、このラペルピンは中島さんにとって大事なものだったということだ。中島さん。供述から察するに、これは綾部さんとの想《おも》い出の品なのではないですか？」

「その通りです。私と綾部は、二人で金を出し合って、GT―Rを購入したんです。その時に綾部が、このラペルピンはおまえが持ってろと言ってくれたものです。私にとっては、若き日の宝です」

「だから、綾部さんの無念を晴らす際、綾部さんの形見として付けていったわけですね？」

鶴磨の問いに、中島は頷いた。

「中島さん」

「はい」

中島が鶴磨を見つめた。

「あなたの気持ちは綾部さんに届いているでしょう。しかし、こんな大切なものはもう二度と手放してはいけない。お返ししますよ」

鶴磨は手を伸ばし、中島の右手を取って、ラペルピンを握らせた。

中島はラペルピンを握りしめ、顔を伏せた。唇を噛みしめ、涙ぐむ。

静花はその様子を見て、唇を固く締めた。涙袋が膨らむ。

「では中島さん。十五時七分、あなたを緊急逮捕します。浜中君。調書を」

鶴磨が言う。

浜中は供述調書をプリントアウトし、鶴磨の下に差し出した。

鶴磨はスーツの内ポケットから銀色のボールペンを出し、調書と共に差し出した。

「また明日から取り調べをさせていただきますが、今日はこのくらいにしておきましょう。今日の分の調書にサインをお願いします」

「はい」

中島はペンを取った。

静花の眼光が鋭くなった。

中島は左手でペンを握った。そのまますらすらとサインをする。そして、ペンを置いた。

「浜中君。中島さんを留置場へ。手錠は必要ないからね」

「わかりました」

浜中は中島に歩み寄った。

中島は立ち上がり、深々と頭を下げた。

鶴麿が頷く。中島は浜中に連れられ、取調室を出た。

ドアが閉まり、静花と二人きりになる。

「麿さん、お見事でした」

「大したことはない」

得意げに足を組む。

「麿さんの付けていたラペルピンが証拠品だというのは驚きましたが」

静花が言う。

鶴麿は息が詰まった。が、すぐさま平静を装った。

「本来は許されないことだ。しかし、想い出となり得るものは、時として、犯人の頑《かたく》なな心を開くアイテムにもなる。物証も扱い方次第ということだよ。覚えておくといい」

「そうですね。勉強になります。これなら、中島さんも麿さんには真実を話してくれるでしょう」

「話しているじゃないか」

鶴麿は静花を見上げ、調書を人差し指でとんとんと叩いた。

「中島さんが現場にいたことは証明されました。ですが、扼殺したのは中島さんではありません」

「どういうことだ?」

「お気づきになりませんでした？　中島さんは左利きです。しかし、扼殺した者は右利きだと、検視の結果で出ています。防犯カメラの映像には複数の人物が映っていましたから、中島さん以外の誰かの犯行ではないでしょうか？」

静花が言う。

鶴麿はまったく気づいていなかった。捜査報告書には目を通していたが、死体検案書はまったく見ていなかった。

「よく気がついたな。私も、その点は気になっていた」

鶴麿はポーカーフェイスでごまかした。

「けど、麿さんには心を開くでしょうから、いつか真実を話すと思います。初対面で相手の心に入り込む術、本当に素晴らしいと思いました。明日からの取り調べ、楽しみにしています。私は、供述にあった綾部一二三という人物に関しての情報を集めてきます」

静花は言い、取調室を出た。

「犯人は他にいる、か。危ない危ない。これで終わりかと思ってたよ」

鶴麿は調書を見つめ、チョビ髭をさすった。

5

秋田と橋爪は、パチンコ店の駐車場にワゴンを停《と》め、車内に潜んでいた。

「中島さん、大丈夫だったですかね？」

橋爪が言う。

「大丈夫だろう。シゲさんの思いは無駄にできない。俺たちは、リフォーム会社を必ず立ち上げる。それだけに集中しよう」

秋田の言葉に橋爪は頷いた。

停車して十分ほど経《た》った頃、ワゴンのサイドドアがノックされた。

秋田はスライドドアを開けた。天然パーマの痩《や》せた男が入ってきた。じっとりと淀《よど》み濁った眼《め》が不気味だ。

「久しぶりですね」

「おまえ、また薬やってんじゃねえだろうな」

「やってませんよ。太らねえのは体質です」

男が笑う。前歯が一本なかった。

「孝行、長尾《ながお》だ」

「長尾です、どうも」

長尾が右手を出した。橋爪が右手を握る。骨ばった手だった。強く握ると折れそうだ。

「こいつは、昔、俺の会社で働いてたんだよ」

「秋田さんには世話になりました。辞めちまったんで、恩返しはできてないですけどね。少なくともシャバに戻ってからは、また別荘に行くようなことはしてません」

「そうですか」

橋爪は笑ったが、その顔はひきつる。

長尾は橋爪を鼻で笑い、秋田に目を向けた。

「で、頼みって何です？」

「おまえ、昔、故買屋を知ってると話してたよな？」

「ええ、知ってますが。盗品捌《さば》きですか？」

濁った両眼が鈍く光った。

「盗品じゃないんだが、ちょっと訳アリの品でな。そいつに頼んで、捌いてくれないか」

「そりゃいいですけど、物は何ですか？」

長尾が訊く。

秋田はスポーツバッグを手繰り寄せた。開いて、口を広げる。車内灯を点《つ》け、長尾に差し出した。

長尾は中を覗き込み、中身を手にした。

「へえ、結構な数、あるじゃないですか」

指輪を取り出し、車内灯にかざす。長尾の目がぎらついた。

「これなら、いい値段になりますよ。いくら欲しいんです？」

「なるべく高値で引き取ってもらいたい。五パーセントは、おまえの取り分だ」

「そりゃいいや。引き受けました」

長尾は言い、指輪をバッグに放った。

「じゃあ、三日後、またここで待ち合せましょう。その時、故買屋に金持って来させます。オレも立ち会いますから、心配しないでください」

「頼んだぞ」

「他ならぬ秋田さんの頼みだ。任せてください」

そう言い、車から降り、パチンコ店に消えていった。

二人も一度外に出て、それぞれ運転席と助手席に乗り込んだ。シートベルトをかける。

「戻ろう」

秋田が言う。

橋爪はエンジンをかけ、アクセルを踏んだ。車がゆっくりと滑り出す。

「秋田さん。あの長尾というのは、どういう男なんですか？」

「昔、シャブ中だった男でな。何度か逮捕されて懲役食らったんだが、知り合いの刑務官に、うちで働かせてもらえないかと言われて、引き取ったんだよ。そこで厳しく指導して、ようやくまともな道に戻ったんだがな。ある現場で施主とトラブルになって、責任を取って辞めたんだよ。俺は残れと言ったんだがな」

「辞めた後は？」

「パチンコ屋で働いたり、風俗の受付をしていたりしたそうだ。まあでも、刑務所に戻るようなことはしていないから、あいつなりにきちんと生きてるんだろう」

「大丈夫ですか、そんなヤツに頼んで」

「あいつしか、頼める者がいない。故買屋なんて、普通のヤツは知らないし、下手に俺たち素人が接触すれば、金も取れず、品物を奪われるだけだ。蛇の道は蛇に任せるのが一番安全なんだよ」

秋田が言う。

橋爪も、それしか品物を換金する方法がないことはわかっている。が、長尾の顔を思い出すと、不安を拭えない。

橋爪はそれ以降、黙ったまま運転した。

長尾は、店内に戻るふりをして、秋田たちの車を見送った。

そして、駐車場に戻り、スマートフォンを出した。

「もしもし、オレです。ちょっと金になりそうなネタを仕入れたんですけど、興味ねえですか？　はい……じゃあ、後で顔を出しますから」

長尾は電話を切り、車の去った道路を見つめ、片笑みを浮かべた。

第2章

1

正午前、鶴磨は取調室から出てきた。

「強情っ張りなジジイだな……」

腕を組んでつぶやき、鼻下のチョビ髭《ひげ》を右人差し指でさする。

中島茂春が自首をしてきてから、二日が経《た》とうとしていた。その間の取り調べは鶴磨に任されている。

鶴磨は、比較的容易《たやす》く、中島から事件の全容を聞き出せるものとタカを括《くく》っていた。

しかし、自首した翌日、単独犯行だとしていた証言を複数犯の共謀と訂正した以外、有用な証言は引き出せていなかった。

中島は、事件の仲間はインターネットで募ったと言っていた。

そんなこともあるのかと驚き、核心の証言を引き出したと思って意気揚々としていたが、今のところ、中島茂春の所有していたパソコンや携帯電話の通信記録から、仲間を集めていたような証拠は見つかっていない。

盗んだ物の行方についても知らないの一点張り。自身は綾部の無念を晴らすだけでよく、金品に興味はなかったとする中島の証言は理に適《かな》っていたが、それを裏付ける証拠も出てきていない。

店長の殺害についても、一貫して自分がやったと言い張っている。

昨日の取り調べで、犯人は右利きだ！　と、中島に突きつけてみたが、とっさのことだから、利き腕でないほうを使ったと中島に返されると、そういうこともあるだろうな……と思い、それ以上突っ込めない。

硬軟織り交ぜて真実を引き出そうとしているが、中島は頑として、供述内容を変えなかった。

「あと、三時間か……」

鶴麿は腕時計に目を落とした。

中島を緊急逮捕したのは、二日前の十五時七分。あと三時間弱で送検するかどうかを判断しなければならない。

現状、自白はあるものの、犯行を裏付ける物証がない。

このままでは、送検しても七十二時間の勾留《こうりゆう》請求までの期限が切れ、釈放される可能性もある。

そうなれば、取り調べを任された鶴麿の汚点となる。

鶴麿は組んだ腕に力を込め、うなりつつ、言い訳を考えた。

自分の力不足ではなく、誰が向き合っても落とすのは難しい、とする理由が必要だ。

「何か、いい理由はないものかな……」

うつむいて、しきりにチョビ髭をさすり、歩いていた。

刑事部屋の前に立つ。と、いきなりドアが開いた。

鶴麿はドアにぶつかった。よろけて後退し、反対側の壁に背中を打ちつける。

「うっ！」

たまらず、呻《うめ》きが漏れた。

「あっ、磨さん！　ごめんなさい！」

ドアを開けたのは静花だった。

壁にもたれかかる鶴麿に駆け寄る。

「ああ……大丈夫ですか？」

二の腕を握り、顔を覗《のぞ》き込む。

「気をつけんか、まったく！」

「すみません……」

静花はしょんぼりうなだれる。

その様子を通りがかった女性警官が見て、クスッと笑う。鶴磨はスッと立ち、スーツの裾《すそ》を整えた。

「まあいい。課長は？」

「中にいます」

「君は？」

「ちょうど、取調室の様子を見に行くところでした」

「なぜ、君が来るんだ？」

「課長に見てきてほしいと言われたんです。時間もないですからね」

「君が来ても、どうにもならんがね」

鶴磨は言い、部屋へ入った。静花も鶴磨に続く。

鶴磨はわざと眉間《みけん》に皺《しわ》を寄せ、小難しい表情を作って、ゆっくりと篠宮のデスクに歩み寄った。デスク脇には、若手の浜中もいた。

「磨さん、ご苦労さんです。中島から新たな証言は出ましたか？」

篠宮が訊《き》いた。

「いや……なかなか頑固なご老人ですな」

「難しいですか……」

篠宮は小さくため息を吐いた。

鶴磨は、じっと篠宮を観察した。多少の落胆が見て取れる。

このままでは自分の評価が下がる。

なんとかしなければ……。

鶴磨は全力で言い訳を考えた。しかし、うまい弁明が出てこない。

少し、考える時間がいる。

鶴磨は、浜中を見た。

「浜中、贓品《ぞうひん》の捜索はどうなっている？」

浜中に話題を振った。

「三課に協力を仰いで、めぼしい故買商を当たってみましたが、まだ出てきていないですね。犯人側も慎重に動いているようです」

「そうか……。御前、綾部一二三に関連する捜査は？」

「綾部一二三が店を宝福チェーンに明け渡したというのは本当でした。しかし、中島が証言しているように騙《だま》し取られたのか、また騙し取った者が誰なのかという点は不明です」

「不明とはなんだ、不明とは」

「すみません。捜査継続中です」

静花は言い換えた。

話が終わってしまう……。鶴磨はさらに質問を浴びせた。

「綾部氏と中島氏の共通の知人友人は調べてみたか？」

「三名ほどいました。念のため、事件当時の動向を探ってみましたが、みなアリバイがありました」

「中島氏自身の交友関係は？」

「現在、手分けして捜査中です」

静花が手短に報告をする。

言葉が途切れた。

もっと話させなければ……と思うが、質問が出てこない。

「このままだと、いったん釈放ということになりますかね。新たな証言もないし……」

浜中が言う。

鶴磨は腕組みをし、さらに険しい表情を見せた。

なんとかこの場を乗り切らねば——。

「課長、いったん送検した後、勾留請求しましょう」

鶴磨の口から、とっさに言葉が出た。

うむ、これだ、と胸中で拳《こぶし》を打つ。

「私もそれを考えていたところです」

篠宮が言った。

鶴磨はいかにもという雰囲気を醸し出して頷《うなず》きつつ、心の中で大きく安堵《あんど》の息を漏らした。

「今のままでは、自供があっても起訴できないということにもなりかねないからね」

「そうですな」

「磨さん、中島はなぜ、頑《かたく》なに証言を変えないのだと思いますか？」

篠宮が訊いた。

鶴磨は一瞬言葉を詰まらせそうになった。しかし、動揺を気取られたくない。腕組みしたまま天井を見上げ、ゆっくりと視線を戻した。

「あくまで想像ですが」

言葉を出しながら、考える。

「誰かを庇《かば》っているのではないかな？」

「誰かとは？」

浜中が訊く。

鶴磨は余計な質問を被《かぶ》せる浜中に内心苛立《いらだ》ったが、おくびにも出さず、静かな口ぶりで答えた。

「中島氏は、旧知の無念を晴らすためだけに自分の人生を潰《つぶ》すような行為に及んだ人だ。

つまり、それだけ、自分に近しい者、自分が信頼する者に対する思い入れが強いということ。そうした気質は一朝一夕に築かれるものではない」

もっともらしいことを口にする。

「そうか。そう考えると、もし中島さんが誰かを庇っているとすれば、身内か現在の環境下において近しい人ということになりますね」

静花は深く頷いた。

「いい線ですね、磨さん」

篠宮が言う。

「常識的な話をしたまでです。が、中島氏の頑なな様子を見る限り、私にはそう思えてならんのですがね」

鶴磨は込み上げてくる笑みを口元で噛《か》み殺した。

「実は僕も、その線にシフトする方がいいとは思っていたんです」

「では、私は身近な者を庇っているという線で、引き続き、中島氏の取り調べを――」

一礼して下がろうとする鶴磨を、

「待ってください」

篠宮が呼び止めた。

「何でしょうか？」

「取り調べは他の者にさせましょう」

篠宮が言う。

鶴麿の顔が強張《こわば》った。

「私では力不足と？」

つい、本音がこぼれる。

「いえいえ、磨さんには、中島茂春の身辺捜査をしてもらおうかと思いまして。磨さんの足と眼力に期待したいんですよ」

「おお、そうですか」

鶴麿の頬《ほお》が綻《ほころ》ぶ。

「そういうことならお任せ下さい。早速、捜査に向かいます」

一礼し、デスクに戻って椅子《いす》にかけたコートを取る。

「私もお供します」

静花も自分のデスクに駆け寄った。

「御前、君は――」

篠宮が声をかける。が、静花は聞く耳を持たず、鶴麿を追いかけて出て行った。

浜中は、ドア口を見つめながら訊いた。

「課長。磨さんを体よく、取り調べから追っ払ったんでしょう？」

「邪推だ。おまえも早く、捜査に戻れ」

「承知しました」

浜中はにやにやしつつ、刑事部屋を出た。

篠宮は眉間を指で揉《も》み、ため息を吐きつつ、顔を横に振った。

2

午後三時を回った頃、秋田と橋爪は、西新宿の高層ビル街の一画にあるホテルを訪れていた。

駐車場にワゴンを停《と》め、エレベーターで上階へ上がる。いったんロビー階で降り、客室用エレベーターに乗り換え、二十五階のボタンを押した。

静かにエレベーターが動きだす。秋田と橋爪は変化するデジタルの階数表示を見つめた。

「秋田さん、大丈夫なんですか、本当に」

橋爪の口から、不安がこぼれる。

「ここまで来たら、もう退《ひ》けねえ。もしものことがあっても、おまえだけは逃がす。心配するな」

そう言う秋田の眦《まなじり》も、心なしか緊張していた。

今日の昼過ぎ、故買商との仲介を頼んでいた長尾祐也《ゆうや》から急な連絡があった。故買商から、すぐにでも品物を見たいとの連絡があった、ということだった。秋田は、長尾からの連絡を橋爪と吉岡に伝えた。急な展開に警戒心は拭《ぬぐ》えないが、長々と手元に盗品を置いておくのも危険だ。

三人で話し合った結果、品物を半分だけ持って、長尾と故買商に会うことにした。

二十五階に着いた。エレベーターホールを抜けると、高い天井の通路が続く。ペルシャ絨毯《じゅうたん》が奥へと延び、左手だけに装飾を施した木製の扉がぽつりぽつりと並ぶ。廊下の静寂が、秋田と橋爪に緊張感と妙な重圧を与える。

「ここだ」

秋田は指定された二五〇五号室のドア前で立ち止まった。橋爪と顔を見合わせて頷き、呼び鈴を押す。

まもなく、ドアが開いた。

「お待ちしてました」

顔を出したのは長尾だった。濃紺のスーツを着ていた。

秋田と橋爪は招かれるまま、中へ入った。エントランスを抜け、右側の部屋に入る。広いリビングだった。

一人掛けと二人掛けのソファーが二脚ずつあり、楕円形《だえんけい》のテーブルを囲むように置かれている。

一番奥の一人掛けのソファーには、グレーのスリーピースを着ている男がいた。秋田と違わないほど、恰幅《かっぷく》がいい。濃い顔で、ぎろりとした双眸《そうぼう》は対峙《たいじ》する者を威嚇する。ベストの小ポケットには懐中時計を忍ばせていた。

「秋田さんですね。お待ちしてました。さあ、どうぞ」

男は座ったまま、右手のソファーを手で指した。

秋田と橋爪は歩み寄り、一礼して、ソファーに腰かけた。

「はじめまして、佐久間《さくま》と申します」

佐久間は腰を浮かせ、名刺入れを出して、名刺を一枚秋田に渡した。

秋田は受け取った名刺を見た。投資顧問会社代表の佐久間保彦《やすひこ》と記されている。

「投資会社の方ですか」

名刺を橋爪に回す。橋爪はじっと名刺を見つめた。

「いえいえ、投資顧問。投資家と投資先企業の仲立ちをする仲介業です」

「そうした方面の話は知らないもので、失礼しました」

秋田が頭を下げる。

「私らの仕事はわかりにくいですからね。さて、秋田さん。早速ですが、仕事の話を」

佐久間はゆっくりと腰を下ろし、ソファーにもたれた。

「長尾君から聞いていますが、訳ありの品を処分したいとか」

「ええ、まあ……」

秋田が言葉を濁す。

橋爪は腿《もも》に置いたスポーツバッグを抱え、腹部に引き寄せた。

「失礼ですが」

秋田が切り出す。

「投資顧問会社の方に、訳ありの品を処分することができるんですか?」

率直に訊いた。

佐久間は動じず、笑みを覗かせた。

「秋田さん、故買商と会ったことは?」

「実際、取引したことはありませんが、そうした人間を見たことはあります。この長尾の仲間にもそういう輩《やから》がいましたんでね」

秋田は長尾を見た。長尾はにやりとしただけだった。

「なるほど。それでは勘違いするのも無理はない。秋田さん、さっきも言った通り、私は投資家と投資先の仲介をしています。投資と言っても、有価証券や土地だけではないのですよ」

「と言いますと?」

「中には絵画や宝石に興味のある客もいる。先日など、フィギュアに嵌《はま》っている中東のセレブリティーに頼まれ、美少女フィギュアを七体かき集めました。総額いくらになったと思いますか？」

「さあ……」

「一億七千万」

佐久間がさらりと答える。

秋田と橋爪は目を丸くした。

「人形に一億七千万ですか……」

「私らには何がいいのかさっぱりわからないものでも、蒐集家《しゅうしゅうか》ならばいくら払ってでも手に入れたいものなのでしょう。しかし、私にとってそれが彼らにどういう価値があるのかなど、知る必要はないのです。橋渡しをしてマージンを受け取るのが私の仕事ですから」

佐久間は明快に答えた。

「今、ちょうど貴重な宝石や骨董品《こっとうひん》を探してほしいという依頼を受けていましてね。そこに長尾君が話を持ってきた。で、どういうものか見てみたいと思い、急ですが、ご足労いただいたわけです」

「訳ありでいいんですか？」

「訳があろうとなかろうと関係ありません。品物は品物ですから」

佐久間はこともなげに言った。

秋田は佐久間の眼《め》を見つめ返した。信用できる人物か否か。こう見えても、長年、海千山千の者たちをまとめてきた人間だ。その程度は判断できる。

佐久間は視線を逸《そ》らさない。といって、気負いもない。元々の目つきが威圧的なだけで、秋田を威嚇する様子もない。

その落ち着きぶりが気になると言えば気になるが、疑い出せばキリがなくなる。

「孝行」

秋田は左手を出した。

橋爪が手前にバッグを押し出す。秋田は持ち手を握り、佐久間の前に置いた。

「見てもらえますか？」

「もちろん」

佐久間はバッグを取り、太腿に置いてファスナーを開けた。

中からネックレスを取り出す。

「これは、いいクリスタルですな」

窓の方を向いて、目の高さに持ち上げて揺らし、バッグの中へ戻す。

佐久間は指輪やブローチなど、目につくものを摘《つま》んではさらっと見て、満足げに頷いた。

「細かい鑑定は後ほどさせてもらいますが、品はどれも悪くない。結構な金額になると思いますよ」

「概算でどのくらいになりそうです？」

秋田は率直に訊いた。

「そうですね。今見た感じでは、このバッグにある分量で――」

佐久間はバッグを持ち上げた。

「二千万といったところですか」

「二千万！」

橋爪が驚いて声を上げた。あわてて口を押さえ、うつむく。

「あはは。概算ですからな。鑑定次第ではもっと値が付くかもしれない。ただ、二千万以下ということはないでしょう」

「佐久間さん、金はいつもらえますか？」

「お望みであれば、今、この場でお渡ししますよ」

佐久間が言う。

秋田と橋爪は目を丸くした。

「最低二千万は間違いありませんから。鑑定の結果、それを超えるようなら、差額はまた後日お渡しするということでもかまいませんよ」

「本当に、今すぐもらえるんですか？」

秋田が念を押す。

「はい」

佐久間は右脇《みぎわき》に置いていたアタッシェケースを取った。テーブルに置き、蓋《ふた》を開ける。中には帯封の付いた札束がぎっしりと詰まっていた。

佐久間は束を一つ、二つとテーブルに出し、重ねた。二十束を出し、ケースを閉じる。

「これでお譲りいただきたい」

両手を束に添え、押し出した。

秋田と橋爪の目は、無造作に積まれた百万円の束に釘付《くぎづ》けとなった。

「商談、成立ですか?」

長尾が訊く。

「あ、ああ……」

秋田は頷いた。

「では――」

長尾は束を一つ取った。

「手数料五パーセントという約束でしたから、百万円、いただきますよ」

「そうだな……」

秋田は首を縦に振ることしかできなかった。

長尾はホテルの紙袋を橋爪に渡した。

「これで持っていくといい」

「紙袋でですか！」

橋爪が驚いて長尾を見る。

「頑丈な鍵付《かぎつ》きアタッシェケースなんかで持ち歩いていたら、怪しいだろう。このくらいの束なら、紙袋のほうがかえって怪しまれない。ですよね、秋田さん」

「ああ……」

秋田は短く答えた。

「孝行、入れろ」

命じる。

橋爪は指先を震わせ、束を一つずつ紙袋に詰めた。

「鑑定額が二千万を超えたら、また連絡させてもらいますが、どうしますか？　私から直接でもいいし、長尾君を通してでもいいし」

「手数料のこともあるので、長尾を通したいのですが。長尾、いいか？」

「オレはかまいませんよ」

長尾は片笑みを浮かべた。

「では、これで」

秋田が立ち上がる。橋爪も立ち上がり、紙袋を胸元に抱えた。

「おいおい、若いの。それじゃあ、怪しいだろう？　普通に提げて持ってろ」

長尾が言う。

橋爪は渋々、持ち手を持った。

秋田と橋爪は一礼し、ドア口へ向かった。長尾が見送りに出る。

ドアを開けた。

「長尾、助かったよ」

秋田が言う。

「いえ。これで少しは恩返しができました。また、いつでも言ってください」

長尾が微笑《ほほえ》む。

秋田は長尾の二の腕を軽く叩《たた》き、橋爪と共に部屋を出た。

ドアが閉まる。橋爪は大きく息を吐いた。

「秋田さん、これ、大丈夫なんでしょうか」

橋爪が紙袋に目を落とす。

「見るな」

秋田が言う。橋爪はあわてて、顔を上げた。

「ともかく、半分は金になった。少し様子を見て、問題なければ、あとの半分も佐久間さんに引き取ってもらおう。とにかく、急いで戻るぞ」

秋田は橋爪を促した。橋爪が頷く。

二人は廊下の先を見つめ、急ぎ足でエレベーターホールに向かった。


長尾は秋田たちを見送り、リビングに戻った。左横の二人掛けソファーに座って背にもたれ、脚を組んだ。

「どうです？　なかなかいいブツを持ってきたでしょう？」

「そうだな」

佐久間は無愛想に言った。

「しかし、二千万はオレもびっくりしましたよ。大丈夫なんですか？　そんながらくた宝石に二千万も払って」

「おまえも目が節穴だな」

佐久間はバッグからネックレスを出した。

「これ一本で、元は取れる」

「それ、クリスタルでしょう？」

「バカか、おまえは。どう見ても、ダイヤじゃねえか」

「えっ！　マジですか！」

「こうやって、太陽光に当てて揺らしてみりゃあ、簡単にわかるんだよ」

佐久間がネックレスを見つめる。

「天然物は間接光でもいいんだが、太陽光に当てると遠くの方に濃い青みや赤みが差すんだ。クリスタルは青色がＬＥＤみたいに眩《まぶ》しく映る。キュービックジルコニアの出来の良いのは天然に近いが、それでも光の深みがかすかに違う」

「そんなものなんですか？」

長尾は佐久間の手元を覗き込んだ。

「俺の仕事を手伝うつもりなら、もっと勉強しろ」

「すみませんです」

長尾は首を突き出し、詫《わ》びた。

「これ一本で、出すヤツなら三千は出す。他のも含めりゃ、これだけで二千万の儲《もう》けだ」

「すげーな」

澱《よど》んだ眼がぎらりと光った。

「ということは、もう二千万は儲かるってことですね」

「なぜだ？」

佐久間は怪訝《けげん》そうな顔をした。

「それ、全部じゃないですよ。オレが見た時はもっとありました」

「ほう……」

佐久間は目を細めた。

「質はわかりませんが、その中には価値のあるものも混ざってるかもしれねえでしょう？　どうします？　脅して全部巻き上げますか？」

「まあ、待て。このブツの出所は知っておきたい。出所次第で、売り先も考えなきゃならんからな」

「調べてきましょうか？」

「それはこっちでやる。おまえは秋田が飛ばないよう、他の者と交替しながら見張っていろ」

「わかりました」

長尾は眉毛《まゆげ》を上げて見せた。

佐久間はネックレスを眺めてにやりとし、バッグに戻した。

3

静花と鶴麿は、練馬にある敬老館に来ていた。中島茂春の交友関係を探るためだ。

中島の家の近所で聞き込みをした時、中島がこの敬老館によく通っていたことを耳にした。

近くの路肩に車を停め、敬老館に入る。

静花は出入り口付近にいた職員らしき若い女性に声をかけた。

「すみません」

「はい、何でしょう?」

女性が笑顔を見せる。

「私、青山中央署の御前と申します」

静花は身分証を提示した。

女性の笑みが引きつる。

「何でしょうか……」

「ちょっと伺いたいことがありまして」

静花は努めて優しい口調で言った。

「こちらに、中島茂春さんが通われていたと伺ったんですが」

「はい、中島さんなら、週に五日は来られていましたけど……。中島さんがどうかされたんですか?　そういえば、ここ二日、来てないですが……」

女性はかなり動揺していた。

静花は話しながら、女性を観察していた。

一般人は、警察官に何かを訊かれるというだけで緊張する。だが、女性に何かを隠している気配はない。単に動揺しているだけのようだ。

「中島さん、どうかされたんですか？」

女性が再び訊いた。

「ちょっと中島さんのお知り合いが事件に巻き込まれまして。それで、いろいろと訊かせていただいているだけなんです。中島さんはどういう方でしたか？」

「いい人です。ここでは古株なんですが、新しく来た人と古い人の仲立ちをしてくれたり、トラブルが起こった時も進んで仲裁に入ってくれたり。私たち職員の手が回らないところをフォローしてくれることもありました。みんなが頼りにしているような人です」

女性はすらすらと答える。

自首してきた中島の雰囲気と女性の証言に齟齬《そご》はない。静花は小さく頷いた。

「中島さんに、このところ変わった様子はなかったですか？」

「特になかったと思うんですが……」

「中島さんと仲の良かった方にも、お話を伺いたいんですけど」

「そうですね……。秋田さんや吉岡さんが仲良かったみたいですけど。秋田さんは今日はもうお帰りになりました」

「吉岡さんという方はいらっしゃいますか?」

「ええ」

「よろしければ、ご紹介いただけませんか。あまり、私たちがうろうろして話を聞いて回ると、利用者の方に妙な気を遣わせてしまうかもしれませんし」

「そうですね。こちらへどうぞ」

女性は静花と鶴麿を手招いた。廊下の奥へ進む。

鶴麿は歩きながら、左右の部屋を覗いた。囲碁や将棋をしていたり、カラオケをしていたり、ダンスや健康器具トレーニングをしている人もいる。

「気楽なもんだねえ。私たちはこうして足を棒にして働いているというのに、日がな遊び、適当に体を鍛えて。私も早くリタイアして、こうした生活をしてみたいものだ」

「そう見えますか?」

女性が肩越しに振り向き、鶴麿を見た。あきらかに怒気を宿している。

「いや、今のは一般論です。私がそう見ているわけではありませんよ」

あわてて言い訳をするが、笑みが引きつった。

「そうですね。私もこうした施設で仕事するまでは、ご老人たちは悠々自適でいいなと思っていました。けど、話すようになると、多くの人は役に立ちたくても立てない現状を嘆いているのがわかりました。本当はまだまだみなさん、社会の中で必要とされたいんだと思います。リタイアなんてしたくないんだと思いますよ」

　女性は一番奥の会議室のドアを開けた。

　長テーブルがあり、パイプ椅子が立てかけられている。女性は椅子を二脚広げ、並べて置いた。

「お掛けになって、お待ちください。吉岡さんを呼んできますので」

　女性は一礼し、部屋を出た。

　静花と鶴磨は、並んで座った。

「磨さん、ちょっとさっきの発言は不用意でしたね」

　静花が言う。

「私がそんな不用意な発言をするように見えるかな?」

　鶴磨は静花を見つめた。

「何か意図があったんですか?」

「彼女がもし、ただ単に仕事をしているだけの人なら、あの一般論に対してあそこまで怒るだろうか?」

「それはないと思いますが」

「だろう? しかし、彼女は多くのご老人が晒《さら》される一般論を聞き、怒った。が、怒鳴るわけではなく、今、ご老人たちが置かれている現状を淡々と話した。つまり、彼女はここのご老人たち一人一人にきちんと向き合っている人ということだ。その彼女が語る中島像は信用できるし、彼女がこれから連れてくる吉岡というご老人が、中島氏と懇意にしているという見立ても間違っていないだろう。私はそれを確認したくてね。わざと一般論を口にしてみたんだ」

鶴麿はチョビ髭をさすった。

「そうだったんですか。よかった……」

「よかったとは？」

「いえ、私は麿さんが人を見下すようなことはしないと思っていたので、ちょっとあの発言にはがっかりしたんです。でも、私の思慮が足りませんでした。すみません」

静花は頭を下げた。

「かまわんよ。少々意地悪な確かめ方だったからね。あとで、彼女には謝っておこう」

鶴麿は微笑んだ。

それから、特に何を話すでもなく、静花と鶴麿は会議室で女性を待っていた。五分が経ち、十分が過ぎる。

鶴麿は、何度も腕時計に目をやった。イライラして、靴底で床を叩く。

「何をしているんだ……」

「何かあったんですかかね。見てきましょうか？」

「そうしなさい」

鶴磨が言う。

静花が立ち上がった。と、ドアが開いた。

女性が顔を出した。

「すみません。吉岡さん、さっきまでいたんですが、具合が悪くなり、帰られたようです」

「そうですか」

鶴磨は貧乏揺すりを止《や》め、笑顔を向けた。

「では、またの機会にします」

席を立ち、女性に近づいた。

「先ほどは無礼な発言をして申し訳ありませんでした」

頭を下げる。

「いえ。私の方こそ、ちょっと感情的になってしまって、すみませんでした」

女性も頭を下げた。

静花はその様子を見て、目を細めた。

吉岡は、玄関の近くをうろつき、何度も何度も出入り口を見ていた。時折、腕時計を見やる。

午後四時近くになっていた。

秋田たちが出かけて、もう数時間になる。秋田は話が付き次第、戻ってくると言っていた。

が、一向にその気配はない。携帯にも連絡が入らない。

何か、不測の事態でも起こったのだろうか……。

気が気でなかった。

その時、玄関に見かけない男女が現われた。一人は背の高い美人。もう一人は、性格の悪そうな冴《さ》えないチョビ髭中年だった。

吉岡は柱の陰に身を隠し、二人の様子を盗み見した。

担当職員の美織《みおり》が相手をしている。

女性がバッグから何かを出した。ぱらりとめくる。桜の代紋が見えた。

「警察……！」

吉岡は肝を冷やした。顔から血の気が引く。

耳をそばだてた。

女性は青山中央署の刑事だと名乗り、中島の名前を口にしていた。

間違いない。宝福の件で捜査をしている刑事たちだ。

「どうしたんだい、やっさん」

いきなり、背後から声をかけられた。

心臓が停まるかと思った。振り返る。北本《きたもと》という老婆だった。

「あら、あんた。顔色良くないよ。大丈夫かい？」

「ああ、さっきちょっと運動しすぎて、気分が悪くなってしまったんだよ」

「あらあら、それはいけない。美織ちゃん、呼んでこようか？」

「いや、いい。少し休んで、家に戻るよ」

「お茶か何か持っていこうか？」

「いや、いいよ。ありがとう、北本さん」

吉岡は無理に笑みを作り、よたよたと休憩室へ入った。

北本が娯楽室へ戻っていくのを確認し、外へ出ようとする。と、刑事たちが施設内へ入ってきた。

吉岡はあわてて休憩室のドアの裏に身を隠した。

刑事たちが美織と話しながら、ドアの前を通り過ぎる。

心臓が爆発しそうなほど、鼓動していた。

足音と話し声がドア前から過ぎた。吉岡は慎重に顔を出し、廊下の様子を見た。

美織と刑事二人が会議室へ入っていく。

その隙《すき》に、急いで玄関へ向かった。後ろを見ず、スリッパを脱ぎ捨てて靴を履《は》き、そのまま敷地外へ走る。

施設先の道路の角を曲がり、その先にある小さな公園へ向かった。

ベンチに腰かける。両肩で息を継ぐ。

吉岡は息が整うのを待たず、携帯電話を手に取った。秋田の番号を表示し、通話ボタンを押す。

三回ほど鳴って、秋田が出た。

「もしもし、源さんか。わしだ。刑事が敬老館に来た。今、戻ってくるのはまずい。わしか？　わしは敬老館を出てきた。ああ……ああ、わかった。残りの盗品を持って、源さんの所へ行けばいいんだな。わかった、すぐに向かうよ」

吉岡は電話を切ると、膝《ひざ》を叩いて立ち上がり、自宅へ急いだ。

4

自宅へ寄った吉岡は、預かっていた盗品の残り半分を入れたスポーツバッグを持って、秋田源次のマンションに赴いた。

秋田のマンションは西武池袋線石神井《しゃくじい》公園《こうえん》駅から南に五分ほど歩いたところにある。三階建てマンションの最上階で、ベランダからは石神井池が望める。

風光明媚《めいび》な場所だが、マンションに集まっている三人に、景色を楽しむ余裕はなかった。

「こんな大金になったのか……」

吉岡はテーブルに積み上げられた万札の束を見て、目を丸くした。

「僕もびっくりしました。持って帰るとき、気が気じゃなかったですよ」

橋爪が興奮気味に小鼻を膨らませる。

「とりあえず、宝福からせしめたお宝が本物だということはわかった。だが、警察が嗅《か》ぎ回っているとなれば、残りを換金するのは厄介だな……」

秋田は札束の脇に置いたスポーツバッグを見つめた。

吉岡と橋爪の表情も曇る。

「やっさん、刑事たちはどんな様子だった？」

秋田が訊く。

「どうと言われても……。美織ちゃんが中に通したから、その隙に逃げてきたんで、なんとも……」

「僕たちのことを探っていたんでしょうか」

橋爪の目尻が不安げに下がる。

「シゲさんが出入りしていた敬老館だからな。交友関係などを調べているんだろう。シゲさんがしゃべっていない限り、俺たちに的を絞って調べに来たということはないはずだ」

秋田が言う。

「とはいえ、このままはまずいな……」

秋田は太い腕を組んで口角を下げた。

吉岡と橋爪も押し黙る。

沈黙が続く。お茶を淹《い》れていたが、すっかり冷めた。

耐えられなくなった吉岡が口を開く。

「わしが出頭しようか？」

「何言ってんだ、やっさん！」

秋田が目を剝《む》いた。

「でも、このままじゃあ、全員引っ張られて終わりということにもなりかねない。孝行君には未来がある。源さんにはわしらのような老人の働き場所を作ってもらわにゃならん。そのためなら、シゲさんと共に刑務所に入って、あんたらの力に――」

「ダメだって、やっさん。あんたが捕まったら、俺たちのこともバレちまう。それじゃあ、何のためにシゲさんが身を投げ出したのか、わからなくなっちまうだろう」

「じゃあ、どうするんです？」

橋爪が訊いた。

秋田は組んだ腕に力を込めた。少し考え、腕を解《ほど》き、太腿を手のひらで打った。

「やっさんは、体調不良で実家へ戻ったことにしよう」

「わしゃ、帰らんぞ！」

吉岡が眉尻を上げた。

「戻ったという体《てい》だよ。実際に戻らなくていい。実家へ戻るつもりで湯治にでも出かけてかまわないから、ともかく、一ケ月くらいここから離れておいてくれ」

「一人でか？」

「そうだ。この際だから、酸《す》ヶ湯《ゆ》温泉にでも行って、ゆっくりしてきなよ。温泉に行きたいと言ってただろう？」

「そうだが。一人は淋《さび》しいのお……」

吉岡が肩を落とす。

「一ケ月後には、必ず迎え入れる態勢を作っておくから。ちょっとだけ我慢してくれ」

「……仕方ないか」

吉岡は力なく頷《うなず》いた。

「僕は？」

橋爪が訊く。

「孝行は普段通りに働け。いっぺんに人がいなくなったら、かえって怪しまれるだけだ。俺も週三、四日は顔を出す。俺とおまえは普段通りにしておこう」

「金と品物はどうするんですか？」

「俺が預かる。長尾との窓口は俺だし、リフォーム会社を設立するのも俺の役目だからな。それでいいな？」

二人を見やる。

吉岡と橋爪は頷いた。

「では、さっそく動こう」

秋田は言うと、札束に手をかけた。

二つの束を吉岡の前に差し出す。

「やっさんはこれで、一ケ月凌《しの》いでくれ」

「こんなにはいらないよ……」

「突発的なこともあるかもしれない。とりあえず、持っておいてくれ。絶対に預金はするんじゃないぞ。調べられた時、言い訳が利かなくなるからな」

「……わかった」

吉岡は二百万円の束を手元に引き寄せた。

「それと、孝行」

秋田は橋爪に顔を向けた。

「おまえ、消費者金融に借金があっただろう？　いくらだ？」

「百二十万……」

「元金か？」

秋田の問いに橋爪が頷く。

「利率は十四パーセントくらいだろう。これで足りるな」

秋田は吉岡と同じく、二百万円の束を橋爪の前に差し出した。

「これで一括返済してしまえ」

「けど、もし刑事に金の出所を問われたらどうするんですか？」

「俺から借りたと言え」

「大丈夫ですか？」

「かまわん。事業を起こすために、自分の資産を処分したことにする。実際にその手続きは取るつもりだ。資産売却の前金の中から二百万円を貸したことにしておく。だから、金融屋とはさっさと手を切っちまえ。あいつらに貢ぐ必要はねえ」

「ありがとうございます」

橋爪は唇を締め、札束を握った。

「残りは、当面の生活費の足しにしろ。くれぐれも、贅沢《ぜいたく》するんじゃねえぞ。それと、やっさんと同じく、預金はするな」

「わかりました」

橋爪は強く首肯した。

「物《ぶつ》については、今捌《さば》くのも危ねえが、長尾から連絡が来たら、さっさと捌いちまう。手元に置いとくのも危ないからな。処分に関しては、俺に一任してくれ。万が一のことがあった時は、俺一人、パクられればいい。おまえらは余計な気を回さず、普段通りの気持ちで過ごしてろ。いいな」

秋田は二人を見つめた。

吉岡と橋爪は覚悟を決めたように秋田をまっすぐ見つめ、首を縦に振った。

5

鶴磨と静花は、翌日も吉岡と秋田に面会すべく、敬老館を訪れた。しかし、二人とも不在だった。

徒労に終わり、署に戻る。

「磨さん、どうでしたか?」

篠宮が訊く。

「二人ともいませんでした」

「そうですか……」

「ホントはいたんじゃねえの？」

篠宮の脇にいた浜中がぼそりとつぶやく。

静花が柳眉《りゅうび》を吊《つ》り上げ、睨《にら》んだ。浜中は肩を竦《すく》め、視線を逸《そ》らした。

「まあ、また明日、訪ねてみます。毎日、顔を出していれば、いつかは両氏にも会えるでしょう」

「ご足労かけます」

「いえ。捜査は足を使う。鉄則ですからな」

鶴麿はチョビ髭をさすった。

「では、捜査会議をするか」

篠宮が腰を上げる。

「何か、動きがあったんですか？」

静花が訊いた。

「鑑識から詳細が上がってきた。君たちが戻ってきたら、報告を兼ねて会議をするつもりだったんだ」

篠宮が言う。

「浜中君、第一小会議室の準備を」

「もう、できてますよ」

浜中が得意げな顔をする。

篠宮は頷き、顔を上げた。

「南青山宝福の強盗殺人事案に関わっている者は第一小会議室へ来てくれ」

声をかける。複数名の捜査員が席を立った。

篠宮が先を歩き出した。浜中が続く。鶴磨と静花も続いた。他の捜査員も、ぞろぞろと部屋を出る。

第一小会議室は、十名ほどが入れる小さな部屋だった。長テーブルが四脚あり、田の字に合わされている。

篠宮は一番奥の席に座った。篠宮の脇にはホワイトボードがある。その横に浜中が立つ。

鶴磨と静花は右側中程に座った。他の捜査員たちも空いた席に着く。全部で九名だった。

他にもこの事案を捜査している警察官はいる。が、専従で事件を追っているのは、この九名だった。

テーブルにはA４用紙にプリントされた資料が置かれていた。十枚ほどの束がクリップで留められていた。

「まず、各人の捜査状況を」

篠宮が口火を切った。

鶴磨たち以外の専従捜査員が手を挙げ、報告を始める。

中島の証言にあったインターネットで募った仲間というのは、一切見つかっていない。ネットで仲間を探していたという証拠も依然として見つかっていなかった。

綾部一二三関係の調べも進んでいた。

中島が言っていた、綾部に盗品を売ったとされる故買商が絞り込まれていた。どれも過去に詐欺や恐喝を働いた者たちだ。

中島の証言からは、その故買商の誰かが殺人に加担しているとは考えにくいが、裏取りのために捜査を続けている。

中島の取り調べに当たっているベテラン捜査員からは、いまだ中島が証言を崩さないということのみが報告された。

贓品の捜査を行なっている捜査員からも、まだ宝福から盗まれた品が出回っている様子はないとの報告がなされた。

浜中は捜査員たちの報告をホワイトボードに書き込んだ。

静花が手を挙げ、報告を始めた。

「中島茂春が通っていた練馬の敬老館の交友関係についてですが、職員の真島《まじま》美織によると、吉岡安夫、秋田源次という二名と特に懇意にしていたようです。現在、彼らとの接触

「見方を変えて、二人の住所を探ることにした。検証を試みています」


を試みています」

「二人の住所は？」

中年捜査員が訊いた。

「調べは付いていています」

「自宅へ行った方がいいんじゃないか？　簡単な事情聴取でも、関係者の証言は迅速に集めた方がいい」

「それもそうですが……」

静花自身は、美織から二人の住所を聞き出した後、吉岡と秋田の住まいに向かおうと思っていた。

が、鶴麿に止められた。

参考人でもない者の自宅に押しかけ、近隣住民の噂《うわさ》にでもなれば、その地域に住みにくくなる。老人の転居は予想以上に難しい。捜査といえど、配慮は必要だと言う。

それももっともと思い、自宅を訪ねるのはあきらめた。

静花は鶴麿をちらっと見た。鶴麿は、手元の資料を読んでいる。小さくため息をつき、訊ねてきた捜査員を見やった。

「敬老館で会えない状況が続く場合は、自宅へ伺おうと思います」

「麿さん、それでいいんですか？」

浜中が訊いた。

鶴磨は目尻をぴくりとさせた。

こっちに振るんじゃない……。

心中で舌打ちをする。が、鶴磨は気取られないよう、ゆっくりと顔を上げた。

「それでいい」

「しかし、もし事件に関係していたとしたら、後手に回ることにもなりかねませんよ」

浜中はしつこく意見した。

実に腹立たしい若造だ。奥歯を嚙《か》みしめたくなるが、あえて笑顔を作った。

「それはどうかな？」

余裕を見せる。

浜中は片眉を上げた。

「例えば、今、我々が自宅を訪ねたとする。事件に関係していたとすれば、わざわざ警察が彼らをターゲットにしていると知らせることになる。そうでないにもかかわらず、だ。さらに、本当に彼らが事件に関《かか》わっているとしたら、どうだろう？　彼らは証拠品等々を処分するだろうし、口裏も合わせるだろう。一方、我々に強制捜査をする理由はない。そうした状況下で無理をしないのもまた、捜査ではないかな？」

「磨さんの言うことにも、一理ありますな」

取り調べ担当のベテランが言う。

鶴磨は、内心にやりとした。

「我々が敬老館に通って、中島さんについて訊きたいと言っている限りにおいては、彼らも自分たちが疑われているとは思わない。仮に半信半疑で何らかの行動を起こしたとすれば、それこそ、確信に近づくのではないか？」

滔々《とうとう》と述べ、浜中を見つめる。

浜中は返す言葉もなく、歯噛みした。

「ともかく、御前が言ったように、敬老館で会えない状況が続けば、それ相応のタイミングで自宅を訪れる。それでいいですね、課長」

「ええ、結構です」

篠宮は言った。そのまま話を続ける。

「各人の捜査状況はわかった。では、手元の資料を見ていただきたい。先ほど、鑑識から上がってきた詳細だ。さらに細かいものは本事案のデータベースに収めているので、後程読んでおいてもらいたいが、ここでは特に犯人に繋《つな》がりそうな鑑識データを検討したい。各人、さらりと目を通してくれ」

篠宮が言う。

静花は手元の資料をめくった。

一つは、店内と勝手口付近で採取された足跡の解析だった。

多数の足跡が検出されているが、中でも特徴的なものがいくつかあった。

目立ったのは、介護用シューズだった。

介護用シューズにも様々なものがあるが、現場で採取された真新しい足跡は、格子状のゴム底の紋様の間に複数の穴が開いていた。

特徴的な底の紋様から、静電気を散らし、足蒸れを防ぐ通気孔がある介護専用の安全靴だとわかった。

また、リハビリ用シューズや老人用の軽量ウォーキングシューズなど、四名分の足跡が見つかっている。

その一つに、中島茂春が所有していた靴と一致するものがあったと報告されている。

「中島氏が現場にいたことは確かですな」

鶴麿はわざと口に出し、チョビ髭を撫《な》でた。

敬老館での捜査はもたついている。少しでもポイントを取らねばと思っていたら、自然と口を衝《つ》いて出た。

「足跡の次に、ある防犯カメラの解析結果も見ていただきたい」

篠宮が言う。

防犯カメラ映像を専用プログラムで画質処理したものが添付されている。犯人たちが押し入った時の画像だった。ぼやけていた輪郭が鮮明になっている。

そこから、犯人グループの身体的な特徴が割り出されていた。

現在の解析技術では、防犯カメラ映像から映り込んだ者の身長や体格はもちろんのこと、年齢もある程度推定できる。覆面をしていなければ、人相を明確化できる技術もある。

一人は百六十センチ前後の老人。これは中島であろうと結論付けられている。

その他、百八十近くある大柄の中高年男性、百七十を超えるやせ形の青年、と解析されていた。

「青年がいるんですか?」

静花が訊いた。

「鑑識の解析ではそう結果が出ているな。現在の解析技術を考えれば、信憑性《しんぴょうせい》は高いと思う」

篠宮が言う。

「犯行時の映像は?」

他の捜査員が訊いた。

「大柄の男が店長に暴行するところまでは映っていたが、その後の混乱で、映像が途切れたようだ。殺害、逃亡時の映像はなかった」

「事件当日の周辺の防犯カメラ映像は?」

別の捜査員が訊く。

「現在、解析中だ。近いうちにまた、新たな解析結果が出てくるだろう」

「ということは、靴跡からの捜査となりますか」

鶴磨が言った。

「そうですが、介護用シューズは汎用品《はんようひん》で、相当数が出回っています。一つ一つ当たるのは最後の手段ですね」

篠宮が言う。

「画像から顔は割り出せませんか？」

静花が訊く。

「そこまでは無理だったようだ。年齢は、目元の特徴や犯行時に覗《のぞ》いた腕や足の皮膚解析から割り出したそうだ」

「病院や老人ホームを重点的に当たる方がよさそうですね」

若い捜査員が言った。

「私もそう考えていたところだ」

篠宮が頷く。

そこだったか……。鶴磨は、内心渋い表情をした。点数を稼ごうと思い、靴底の話を出したが、少々的が外れていた。

ここは挽回《ばんかい》せねば……。

「そういうことで、みんなには練馬区の老人ホームや病院を重点的に――」

「私と御前は、このまま敬老館での捜査を続けますぞ」

「どういうことですか、麿さん？」

「面倒なんでしょう？」

浜中が鼻で笑う。

鶴麿はちろりと睨んだ。

「敬老館も老人が集まる場所です。中には運動施設もあり、来訪者の体調によってはリハビリや介護同様の補助を行なうこともあります。そうした場所であれば当然、介護用シューズやリハビリシューズもあると思いますが」

鶴麿は言った。

「確かに」

篠宮がうなる。

他の捜査員たちもうなずいた。

よし、挽回した。鶴麿は腹の中でほくそ笑んだ。

「では、麿さんと御前は引き続き、敬老館での捜査を。浜中君は、それ以外の区内の敬老館をあたってくれ。他の者はホームと病院を重点的に捜査するように」

篠宮が言った。

捜査員たちが席を立つ。鶴麿はゆっくりと立ち上がり、会議室を出た。廊下に出ると、静花が待っていた。

「麿さん、感服しました」

「何をだ？」

「素晴らしい洞察です。鑑識からの資料を見ながら話を聞いている時、中島氏が関係している病院や老人ホームを調べる方がいいと思ったんですが、確かに敬老館にも介護用シューズやリハビリシューズの需要はありますもんね」

「その程度のことで感心していては、まだまだだな。精進したまえ」

「はい」

「今日は上がろう。明日も午前中から敬老館を訪問するから、よく休んでおくように」

「わかりました。お疲れ様でした」

静花が部屋へ戻っていく。

「今日も乗り切ったな」

鶴麿は満足げに頷き、チョビ髭をさすりながら廊下を歩いた。

6

「うむ、うむ……そうか。わかった、引き続き、調べてくれ」

佐久間は通話を切った。

豊洲《とよす》の高層マンションにいた。都内にいくつかある拠点の一つだ。百平米以上ある二十八階のフロアは億超えで購入した。

ガラス窓から陽光が差し込む。その向こうには東京湾が一望できた。

「何か、情報が入ったんですか?」

窓から海を眺めていた長尾が振り向いた。

「面白い話が飛び込んできた」

佐久間は脚を組み、ポケットから葉巻を出した。端をカットし、咥《くわ》え、ライターに火を点《とも》して炙《あぶ》る。

煙が立ち上り、甘い香りが部屋に広がった。

長尾は佐久間の差し向かいのソファーに腰を下ろした。両腕を広げて肘《ひじ》掛《か》けに置き、沈む体を止める。

「秋田が持ってきた例のお宝だがな」

佐久間は途中、煙をくゆらせ、吐き出した。紫煙を目で追い、ゆっくりと視線を長尾に向ける。

「ありゃあ、盗品だった」

「やっぱり──そんな感じはしてましたが」

「それも、強奪したものだ。南青山の宝飾品買取販売店で起こった強盗殺人事件を覚えてるか？」

「確か、宝福とかいうチェーン店が襲われたってやつですよね。まさか……」

長尾が佐久間を見つめる。

佐久間は小さく頷いた。

「いやいや、待ってくださいよ。ということは、秋田さんが強盗殺人をやったってんですか？」

「それはわからん。が、こないだ買い取った宝飾品が、宝福南青山店にあったものだという確認は取れた。俺がクリスタルと言ったダイヤのネックレスがあったろう。あれは、宝福南青山店にしかなかった目玉の一点ものらしい」

「秋田さんが……」

長尾はソファーに深くもたれ、腕を組んだ。

「秋田さん、多少乱暴なところはあったけど、人を殺すような人じゃないと思うんですがねえ……」

「人間に絶対はない。どんなヤツでも窮すれば人格も変わる。聖人君子など、この世に存在しない」

冷めた目で紫煙を見つめる。

「しかし、そんなヤバい品じゃあ、捌けないいんじゃないですか？　強盗殺人の品は扱えないって、前に言ってましたよね？」

「通常なら、この品物は無理だな」

「二千万、丸損ですか」

口をへの字に曲げ、顔を横に振る。

「おいおい、話を聞いているのか？　通常なら、と言ったんだぞ」

佐久間は脚を解き、上体を傾け、灰皿で葉巻を揉《も》み消した。

「どういうことですか？」

「強盗殺人の品物が扱えないってのは、警察に睨まれることもあるが、それ以上に、強盗犯がわからないからなんだよ。強盗を犯す連中なんぞ相手にすると、いつ何時、寝首を掻《か》かれるかわからないからな。だが、今回は違う。強盗をやらかした連中はわかっている」

「秋田さんと橋爪とかいう若造がやったというんですか？」

「おそらくな」

佐久間は立ち上がった。

サイドボードを開け、ブランデーとグラスを取り出す。

「飲むか？」

ボトルを掲げる。

「いや、オレはいらないです」

「酒ぐらい付き合えなきゃ、俺の仕事は手伝えないぞ」

グラス三分の一程度にブランデーを注ぎ、口を付ける。舌の上で芳醇《ほうじゅん》な甘い香りを転がし、喉《のど》に落とす。

佐久間はグラスとボトルを持って、ソファーに戻った。

「あのブツ、どうするつもりですか？」

「盗んだ連中がわかっていれば、捌ける場所はある。利益は目減りするが、それでも億は入ってくる」

「億ですか！」

長尾の双眸《そうぼう》が鈍く光る。

「あいつらはまだ半分ほどしか物を出していない。それは、宝福南青山店の在庫リストを手に入れたヤツからの連絡でわかった。残りも手に入れれば、億の売り上げを見込めるという話だ」

「早速、呼び出しますか？」

「いや、もう少し待て」

そう言い、ブランデーを含む。

「あの事件の犯人が自首したという話も入ってきている。ちょっと背景を探りたい」

「なぜです？」

「少しは考えろ。事件の背景がわかれば、それをネタにやつらが持っている残りの物をタダで手に入れることも容易だろう。それどころか、場合によっては、こっちの好きなように使い倒せる手駒《てごま》にもなり得る」

「なるほど」

長尾は感心し、首肯した。

「おまえは俺から連絡があるまで、そのまま見張りを続けろ」

「わかりました」

長尾は席を立った。

7

翌朝、鶴磨と静花は、午前九時過ぎに練馬の敬老館を訪れた。

「まだ来ていないですね……」

職員の真島美織が対応してくれた。

「そうですか。今日は来られそうですか？」

「どうでしょうか。そうだ、ちょっと待ってください」

美織は事務室へ入っていった。少しして、若い男性を連れ、戻ってきた。ひょろっとした背の高い若者だ。

「こちら、トレーニング器具の指導員をしている橋爪です」

「橋爪です」

男が会釈した。

「あの、こちらの方々は」

橋爪が美織を見た。

「青山中央署の刑事さんよ」

美織が言う。

橋爪の眦《まなじり》が一瞬引きつった。しかし、すぐさま笑顔を作り、静花と鶴麿に向ける。

「刑事さんが、どういったご用件でしょうか？」

橋爪の問いに、美織が答えた。

「刑事さんたち、吉岡さんと秋田さんにお話を聞きたいらしいんだけど、お二人ともここ二日くらい、来られていないでしょう？　けど、トレーニング器具の指導は予約制だから、秋田さんの予約が入っているんじゃないかと思って」

「そうですか。ちょっと待っていてください。事務所に戻って確かめてきますので」

　橋爪は立ち去った。

「すみません、いろいろとご協力いただいて」

　静花が言う。

「いえ、中島さんがどういう状況なのかわかりませんが、あんないい方が事件に巻き込まれているなら、少しでも早く解決してもらいたいですから。それに……」

　美織は少し顔を伏せた。すぐに顔を上げ、静花に身を寄せる。

「毎日、刑事さんが来ていることで、御老人たちが噂話を始めてまして。区の施設なので、そうした噂が広まるのはちょっと……」

「重ね重ねすみません。お二方にお話を伺えれば、こちらには顔を出しませんので」

「そうしていただけると助かります。もう少々、お待ちください。すぐに橋爪が戻ってくると思いますので」

　そう言い、一礼して美織も仕事に戻っていった。

「役所関係の施設が、間接的にでも事件に関わっているのは困るというわけか」

「そのようですね」

「自己保身に終始する姿は、実にみっともないものだな」

鶴麿は美織の後姿を冷ややかに見つめた。

「仕方ないですよ。こうして協力してくださっているだけ、ありがたいです」

「小さなことにでも感謝する。いい心がけだ。忘れんように」

「はい」

静花は鶴麿に褒められ、少しはにかんだ。

「あのお、すみません」

後ろから声をかけられた。

鶴麿はびくっとした。静花は何事もなく振り向く。

ぽっちゃりとした老女が立っていた。

「なんでしょう？」

静花は笑顔を向けた。

「あんたたち、刑事さんだろ？」

「ええ、そうですが」

「何の事件を追ってるんだい？」

老婆が興味津々に訊いてくる。

「そういう質問にはお答えできませんので」

鶴麿が言った。

「いいじゃないか。みんな、気になってるんだよ。中島さん、何かに巻き込まれたんだって?」

「なぜ、それを……」

「噂になってんだよ。何なんだい?」

「ですから、そういう質問には一切お答えできませんから」

鶴麿は苛立《いらだ》った様子で、笑みを引きつらせる。が、老婆はまったく意に介さない。

「吉岡さんと秋田さんに会いに来てるんだろう? あの二人も何か関係してるのかい?」

「だから――」

鶴麿が追い払おうと顔を突き出す。その間に静花が割って入った。

「ちょっとお聞きしていいですか?」

「ええ、何でも」

老婆は瞳《ひとみ》を輝かせた。

「お母さん、お名前は?」

「北本だよ。北本志津子《しづこ》」

喜々として答える。

鶴麿はため息をついた。静花は質問を続けた。

「中島さんと吉岡さん、秋田さんは、仲が良かったと伺ってますけど、本当ですか？」

「そうだね。シゲさん、やっちゃん、源さんと呼び合う仲だからね。ここ以外の場所で仲良かったのかは知らないけどね」

「中島さんが他に仲が良かった人は知りませんか？」

「うーん、特にはいないかな。というよりも、中島さんは誰とでも仲いいからね。紳士だし。ここではちょっとした人気者だよ」

そう言い、笑う。

鶴麿はもう一度ため息をつき、二人から離れた。勝手に敬老館の奥へ進み、辺りを見回す。

「おっ、トレーニング器具か」

鶴麿は誰もいない部屋へ入っていった。

脚を鍛える器具や上半身の筋肉を鍛える器具、ステップ台や階段、エアロバイク、ランニングマシン、上下半身を総合的に鍛えるマルチトレーニングマシンもある。

鶴麿は、ランニングマシンに乗った。歩いてみる。ベルトがすっと動いた。

「私も運動不足だが、この程度なら使えるだろうな。どれどれ」

手前のスイッチを押す。と、いきなりベルトが高速で回り出した。

「んあ！」

こけそうになり、あわててバーをつかむ。両脚はフル回転だった。

「止めなければ！」

手を放そうとするが、そのたびに転びそうになり、すぐさまバーを握る。

鶴麿は百メートル走を疾走する勢いでベルトの上を走りながら、何度も何度も手を放そうとした。


橋爪は事務所を通り越し、非常口から外へ出た。スマートフォンを出し、すぐさま秋田に連絡を入れる。

「刑事が、秋田さんが来るかどうか確かめてますよ」

口元に手のひらをかぶせ、周りをきょろきょろと見回しながら、小声で言う。

――わかった。逃げ回っていても仕方がないので、今日の午後、トレーニング指導を受けるということにしておけ。

「いいんですか？」

――それでいい。それだけ伝えて、おまえは普通にしてろ。

「わかりました」

電話を切り、施設内へ戻る。

事務所へ戻ってくる美織と出くわした。橋爪は心臓が止まりそうになった。手に持ったスマホを思わず後ろに隠す。

「あら、橋爪さん。事務室へ行ったんじゃなかったんですか?」

「ちょっと、こっちに歩いていく人を見たような気がしたんで確かめていたんですよ」

「怖いことを言わないでください」

美織は苦笑した。

「刑事さんがお待ちですよ」

「はい、すぐに行きます」

橋爪が答えると、美織は事務室へ戻った。

深く息を吐き、ズボンの後ろポケットにスマホをしまう。
二、三度深呼吸をして、気持ちを落ち着け、玄関口に戻っていく。
廊下から出ようとすると、中年刑事がトレーニング室に入っていくのが見えた。

「何をしているんだ?」

玄関口を覗いてみる。

女性刑事は、北本と話していた。

二人の様子を盗み見て、会話に耳をそばだてた。

「吉岡さんと秋田さんは、週に何回くらい来てました?」

「秋田さんは週に三回か四回。吉岡さんは毎日来てたんだけどねえ。あ、そういえば」

北本がふと顔を上げた。

「こないだ刑事さんたちが来た時ね。吉岡さん、いたんだよ」

「そうなんですか？　具合が悪くなって、帰られたとお聞きしましたが」

「そうそう。それは本当よ。ただ、なんだか落ち着かない様子で、青い顔してて。それから来てないからねえ。私らも心配してんだけどさあ」

北本が話す。

あの日、見られていたのか……。

橋爪は、吉岡があわてて連絡をしてきた一昨日《おととい》のことを思い出した。

「あとで、私たちが様子を確かめてきます」

女性刑事が言う。

まずいな……。

吉岡にも電話をしなければ——。

橋爪がもう一度、非常口の方へ戻ろうとした時、けたたましい音がトレーニング室の方から響いてきた。

「なんだ！」

橋爪はトレーニング室へ走った。

物音に気付き、静花はトレーニング室へ走った。北本も続く。さらに橋爪と三人が重なりながら、部屋へ飛び込んだ。

　鶴麿が倒れていた。

「大丈夫ですか！」

　橋爪が駆け寄る。

「麿さん！」

　静花も駆け寄った。

　鶴麿はランニングマシンから転げ落ちていた。真後ろの壁まで転がり、崩れたマットを頭から被っていた。靴箱も倒れ、鶴麿の周りにシューズが散乱している。

　橋爪と静花はマットを除け、片腕ずつつかんで、鶴麿を起こした。背中に載っていたシューズがぽろりと落ちる。

「どうしたんですか！」

　静花が顔を覗き込む。

「いやあ、ランニングマシンが懐かしくて乗ったら、足がついていかなくてね」

「勝手に使われては困ります。特に、ランニングマシンは操作を誤ると、このようなことになりますから」

　橋爪はきつい口調で言った。

「いや、面目ない」

　鶴磨はチョビ髭をさすり、うなだれた。

「痛いところはないですか？」

　橋爪が訊く。

「大丈夫ですよ」

「秋田さんですが、今日の午後から予約が入っていました。それまで、休憩室でお休みになってください」

「すみません。そうさせていただいてもよろしいですか？」

　静花が訊く。

「ええ、かまいません。少し経《た》って、痛みが出ることもありますから。どうぞ、こちらへ」

　橋爪が休憩室へ案内する。

　北本が鶴磨に近づいてくる。

「あんた、私らより若いのにだらしないね」

　ケタケタと笑う。

鶴磨はひと睨みしたが、文句は呑《の》み込んだ。

仮眠ベッドのある休憩室へ入った。

「もし、痛みが出た時は言ってください。秋田さんが来たら、お知らせしますので」

「ありがとうございます」

静花は頭を下げ、ドアを閉めた。

「磨さん、大丈夫ですか？」

「このくらい、なんでもない」

強がるが、本当は体の節々が軋《きし》んでいる。

「上着を脱いで、ちょっと横になってください」

「そうだな。案内された手前もあるからな」

鶴磨は仕方ないといった素振りで、上着を脱いだ。埃《ほこり》を払おうと、背中側を見る。

「ん？」

鶴磨はスーツに顔を近づけた。

靴底の跡が付いていた。

どこかで見たような……。

凄《すさ》まじい勢いで頭の中の引き出しが開く。

これ、昨日見た犯人の靴底の紋様に似てないか？

鶴麿は目を見開いた。

「御前」

「どこか痛みますか？」

静花は心配そうに鶴麿を見つめた。

「私が何事もなく、あのような無様な姿態を晒《さら》したと思うか？」

「といいますと？」

静花がきょとんとする。

「これを見てみろ」

鶴麿はスーツの後ろを見せた。

「見覚えがないか？」

鶴麿が言う。

静花はスーツに付いた靴底の紋様を見つめた。その瞳《ひとみ》がみるみる大きくなっていく。

「麿さん、これ！」

静花が鶴麿を見やる。

鶴麿は深く頷いた。

「敬老館にトレーニングルームがあることは知っていた。そこに介護用シューズ、もしくはリハビリシューズがないか、こっそりと確かめに行っていたんだ。それでこの靴を見つけた。紙にでも押し付けて型を取ろうと思ったんだが、橋爪君が事務室から出てくるのが見えた。そこで、一芝居打って、スーツに靴型を付けてみたんだ」

「本当ですか！」

「嘘《うそ》を言ってどうするんだ。これをすぐ、署に持ち帰って、鑑識に回してくれ」

「ですが、午後から秋田氏が来ると――」

「まだ三時間弱ある。戻って来られるだろう。上着が破れたので取り換えに行くとでも言って、さっさと鑑識に放り込んで来い」

「わかりました」

静花は靴型が消えないよう、上着を折りたたみ、部屋を出た。

ドアが閉まる。途端、あちこちに痛みが出た。

「あいたたた……。二度とランニングマシンなんか使わないぞ！」

鶴麿はそっと体をベッドに横たえた。

第3章

1

「遅くなりました」

静花はノックし、休憩室のドアを開けた。

ベッドには鶴麿がいた。ネクタイを解き、大の字になって熟睡している。

そっと中へ入り、ドアを閉めた。テーブルに替えのジャケットを置き、パイプ椅子《いす》をベッドの脇《わき》に出して腰かける。

鶴麿の寝顔に目を向ける。

右目が半開きで、だらしなく口が開き、涎《よだれ》を流している。いびきをかくたびに、鼻下のチョビ髭《ひげ》が揺れていた。

「かわいい」

静花は瞳《ひとみ》を細め、愛《いと》おしそうに鶴麿を見つめた。黒目が潤む。

鶴麿が大いびきをかき、息が詰まった。

「麿さん！」

顔を近づけた。

その時、不意にドアが開いた。

「あっ……」

男の声がした。

振り返る。橋爪だった。

「いや、あの……失礼しました」

ドアを閉めようとする。

「違うんです！」

静花はあわてて呼び止めた。

静花の声を耳にし、鶴麿が目を覚ました。

「戻ってきていたのか」

起き上がって、あくびをしながら伸びをする。静花を見ると、真っ赤になっていた。

「どうした？　熱でもあるのか？」

「いえ、大丈夫です」

静花はそそくさと立ち上がって、ジャケットを取った。

「替えです」

「ああ、ありがとう」

鶴麿はベッドの縁に座り、袖《そで》を通した。橋爪の姿に気づく。橋爪は何度も交互に静花と鶴麿を見ていた。

「どうかしましたか?」

手の甲で涎を拭《ぬぐ》い、指先でチョビ髭を整える。

「あ、いえ……」

橋爪はちらりと静花を見やり、笑みを作った。

「お体、いかがですか?」

「ひと眠りさせてもらったおかげで、すっかりよくなりました。この通りです」

天に両腕を突き上げる。が、背を反りすぎて、腰が軋《きし》んだ。顔をしかめて丸まり、腰をさする。

橋爪は苦笑した。

「無理なさらないでください」

「いや、これは先ほど転んだせいではありません。持病のようなものです」

そう言い、立ち上がろうとする。

静花が脇を支えようと手を伸ばす。鶴麿は肘《ひじ》を軽く振り、手を払った。

「いらんよ。老人じゃないんだから」

ひと睨《にら》みし、立ち上がる。

「すみません……」

静花はあからさまにしょげた。

橋爪は二人の様子を見て小首を傾《かし》げたが、そのことには触れず、口を開いた。

「腰が悪いのでしたら、コルセットをお貸ししましょうか？」

「いえいえ、本当に大丈夫ですから」

鶴磨は腰に手を当て、無理に回した。

「で、どうされました？」

鶴磨が訊《き》く。

「秋田さんがいらっしゃったので、お伝えしようと思いまして」

「そうですか。早速、会わせていただいてもよろしいですか？」

「はい。では、事務所の応接室までお越し下さい。そちらに秋田さんもお連れしますので」

「ありがとうございます。行くぞ、御前」

「はい」

静花と鶴磨は休憩室を出て、橋爪に続いた。

応接室へ通される。部屋と言っても、パーティションで仕切られた、二人掛けソファーがテーブルを挟んで一つずつ置かれているだけの簡易応接間だ。

まもなく、橋爪と共にジャージ姿の大柄の男が現われた。

「秋田源次です」

野太い声が響く。

鶴磨と静花は立ち上がった。

「青山中央署の三木本です」

「同じく、御前です」

「では、僕は失礼します。お話が終わったら、職員の誰でもいいので声をかけてください」

「ありがとうございました」

鶴磨は橋爪に一礼し、改めて秋田を見た。見上げるほどの巨体だ。眼力が強く、睨み下ろされている気分だ。一瞬怯《ひる》みそうになったが、咳払《せきばら》いを一つして、気を入れ替えた。

「まあ、お掛けください」

差し向かいのソファーを手で指す。

秋田は二人掛けソファーの真ん中に腰を下ろした。みしりと座面が軋む。鶴磨と静花も座った。

「早速ですが、中島さんのことで少々お伺いしたいことがありまして」

鶴磨が切り出す。静花は背に浅くもたれ、秋田の全身を見つめていた。

「シゲさんが、どうかしたんですか？」

「自首してきました」

「自首だって！」

秋田は目を剝《む》いて驚いた。大きな声に、鶴磨はびくりとした。

「秋田さん。あまり大きな声だと……」

右手を小さく振り、なだめる。

「おお、そうだな」

秋田は息を吐き、上体を少し二人の方へ傾けた。

「自首って、何をしたんですか、シゲさんは？」

「強盗殺人です」

鶴磨の言葉に、秋田は目を見開いた。声が出ないよう、唇を締める。

「先日、南青山の宝石店で強盗殺人事件がありまして、その実行犯だと自ら名乗り出てきたのです」

「そんなバカな……」

秋田の口が半開きになる。

「我々も慎重に取り調べをしましたが、犯人以外に知り得ない事実を知っている点や犯行時の詳細を聞く限り、現場にいたことは間違いないと判断しました」

「シゲさんが強盗した上に誰かを殺しただって？　信じられない……」

「こちらで、あなたと中島さんが親しくしていると聞きました。それで少々中島さんについてお伺いしたいと思いまして。中島さんはどんな方でしたか？」

「物静かで頭が良くて分別のある立派な人ですよ。ここで他の連中が揉《も》めても、シゲさんが中に入ればあっという間に収まるような人格者です」

「ここ一、二ケ月の間で、変わった様子はありませんでしたか？」

「いや……なかったと思うが」

秋田は腕組みをし、左上に目を向けた。

「綾部という名前はご存じですか？」

鶴麿が訊く。

一瞬、組んだ腕に力が入る。

「いえ、知りませんが」

「綾部一二三です。聞いたことはありませんか？」

「知らないですな」

そう言った後、秋田は手のひらで口元を拭い、両手を太腿《ふともも》に置いた。

「そうですか。もうお一方、吉岡さんという方とも仲が良かったということですが、吉岡さん、昨日からここへ来ていないようですね。何か、ご存じありませんか?」

「ああ、やっさんなら、実家へ戻りましたよ」

「ご実家へ?」

「ええ。なんでも、子どもたちがやっさんの死んだ後の相続について話し合いたいとかで。ほんと、子どもってのは、日頃は親を邪魔者扱いするのに、金絡みになるとこっちの都合お構いなしに話を進める。いや、うちも似たようなものでね。息子が勝手に俺の会社の経営方針を変えちまったんで、腹が立ちましてねえ。なので、俺個人の私財を売り払って、家を出てきたんですよ。ほんと、恩知らずばかりだ」

秋田はぺらぺらとしゃべった。

「私は独身なもので、そのあたりのご苦労は存じ上げませんが、親の心子知らずですな」

「まったく、その通りです」

秋田は苦笑した。

静花は話を聞くふりをしながら、様子をじっと見つめていた。

「では、吉岡さんには、実家に行けばお会いできるということですな」

「あ、いや――」

秋田はとっさに右上を見た。

「あまり実家には長居したくないから、ちょっと顔を出して、温泉にでも行ってくると言っていましたよ」

「温泉に？」

「前から、湯治に行きたいと言ってたから、この機会にとでも思ったんでしょう」

「どちらへ？」

「それは聞いてません」

「そうですか」

鶴麿は静花を見た。静花は微笑《ほほえ》んで、頷《うなず》いた。

「いや、お忙しいところ、ありがとうございました」

「もういいんですか？」

「はい。ありがとうございました」

鶴麿と静花が立ち上がる。

秋田はゆっくりと立ち上がり、頬《ほお》を綻《ほころ》ばせた。緊張が解けた時の表情だった。

静花が先に応接室を出た。美織を認め、話が終わったことを伝える。そして、すぐに戻ってきた。

「秋田さん」

鶴麿がふいに声をかける。

「なんです？」

秋田が笑みを作った。ぎこちなく引きつる。

「騒ぎになるといけませんから、くれぐれも来館者の方々には内密に」

「承知しました」

秋田は会釈をし、足早にその場を離れた。

「行こうか」

鶴麿は静花に声をかけた。

鶴麿と静花は美織や他の職員に声をかけ、事務所を出た。

トレーニング室を覗《のぞ》いてみる。胸筋を鍛える器具に座る秋田を橋爪が指導していた。

「どうだった？」

鶴麿は静花に訊いた。

「秋田という人、何かを知っていますね？」

「なぜだ？」

「話の途中、急に腕に力を入れたり、右上を見たり、吉岡さんのことについては突然饒《じよう》舌《ぜつ》になったり。見ていた限りでは、随所に嘘を吐《つ》いている人の特徴が現われていました」

「よく見ていたな」

「やはり、磨さんも気づいていましたか」

「もちろんだ」

鶴麿は言わずもがなという顔を見せた。

が、本当は、秋田の話を聞いた限りでは、何も知らないのではと思った。なので、さっさと話を切り上げた。

危ない、危ない……。アピールポイントを逃すところだった。私を丸め込もうとするとは、ふてぶてしいヤツだ。

鶴麿は窓ガラス越しに秋田を睨みつけた。

2

鶴麿と静花は、一応、吉岡のアパートを訪ねた。が、アパートにはいなかった。同アパートの住人は、ここ数日、吉岡の姿を見ていないと語った。

吉岡が東京を離れているというのは事実のようだった。

二人はその足で、青山中央署に戻った。

「ただいま戻りました」

静花が声をかけた。

「ご苦労さん」

篠宮が応《こた》える。篠宮のデスクの前には浜中がいた。

鶴麿と静花は篠宮のデスクに歩み寄った。

と、浜中が鶴麿の肩を叩《たた》き、握った。

「なんだ？」

鶴麿は浜中を睨んだ。

「たいしたもんですね、麿さん」

「何がだ」

浜中の手を振り払う。

「麿さんの強運というか、たまに繰り出すラッキーパンチは、心底凄《すご》いと思います。ホント、嫌味じゃなくて、その部分だけは尊敬しますよ」

浜中はもう一度肩を叩き、捜査に戻ると言って部屋を出た。

「何なんだ、あいつは……」

鶴麿は浜中に触られた肩を二、三度手で払い、出て行く浜中の背中を見据えた。

「麿さん、お手柄です」

篠宮が言う。

お手柄、という言葉が瞬時に脳に飛び込んだ。鶴麿は綻びそうな唇を締め、振り向いた。

「何のことでしょうか？」

涼しげに篠宮を見つめる。

「磨さんのスーツの上着に付いた靴底の型が、現場で見つかった介護用シューズの足型と一致しました」

「本当ですか！」

静花が瞳を見開いた。

「細かい特徴が一致した。ほぼ間違いない」

「磨さん！」

静花は鶴磨を見やった。

鶴磨は涼しげな顔をしたまま、固まっていた。

最も驚いていたのは、鶴磨自身だった。

浜中の言うように、鶴磨は時折こうしたミラクルを起こす。自分でもなぜか理解しがたいが、おかげで鶴磨が本当は敏腕なのではないかと思っている者も多い。

しかし、今回ばかりは、自分でも信じられなかった。

ただ、ランニングマシンで遊ぼうとして転んだだけ。それをごまかそうとして、犯行現場にあったものと似たような足型を見つけたので、とっさに調べるように言っただけだ。

まさかそれが、本当に一致するとは……。

鶴磨は自分の強運が怖くなり、少し震えた。

「読み通りでしたね」

静花が言う。

鶴麿は胸中の動揺を隠し、微笑《ほほえ》んだ。

「いや、私もそこまで読み切っていたわけではないよ。しかし、中島氏が出入りしていた場所ということは間違いなかった。であれば、そういうこともあり得るのではないかと思ってな。誰でも考え得ることだ。それを行動に移すかどうかだけの違いだと思うが」

「その、行動に移す、ということが難しいんですよ」

篠宮が鶴麿を見上げる。

「若い捜査員に罪はないのですが、このところ、警察に対する風当たりが強く、規範に縛られ、現場では失敗しないようにと慎重になりすぎて、可能性を感じても萎縮《いしゆく》してしまう。鶴麿さんのように、時に大胆な行動に出なければ、解決できない事件もある。後進にはいい手本となってくださっています、本当に」

「私も古い人間ですからな」

少し笑う。

本当は仰《の》け反《ぞ》って大笑いしたいところを抑えた。

「では、シューズの持ち主を特定して、任意同行を求めましょうか？」

静花が言う。

「いや、型は一致したが、非合法に手に入れたものなので、今はまだシューズの持ち主に手を出せない」

「持ち主はわかりましたか？」

「まだだ。捜査員を向かわせることも考えたが、ヘタに嗅《か》ぎ回れば、犯人に気づかれて逃亡されるおそれがある」

「では、私が調べてきましょう」

鶴麿が言う。

「麿さんが？」

篠宮は不安げに見つめた。

「中の者とは顔見知りになっています。それとなく探ってみましょう。他の者が出入りするより、警戒心もないでしょうから」

「それでは、麿さん一人に負担をかけてしまいますし――」

篠宮が逡巡《しゅんじゅん》する。

「任せてください」

鶴麿は強く言い切った。

これほどの手柄を手中に収める機会はめったにない。ここは手柄を独り占めにしたかった。

が……。

「私もサポートします」

静花が言う。

しゃしゃり出るんじゃない！　と、喉元《のどもと》まで出そうになった言葉を呑《の》み込む。

「そうか。それなら、君たちに任せよう。磨さん、御前、よろしく頼む。シューズの持ち主がわかったら、私に連絡を入れた後、そのまま当事者を張り込んでもらいたい」

「わかりました」

静花が首肯する。

鶴磨は、張り込みは面倒だと思ったが、仕方がない。ビッグな功業のためだ。

「承知しました。では、明日にでも早速――」

鶴磨は一礼し、篠宮に背を向けた。

途端、喜びが湧《わ》き上がり、満面に笑みが浮かんだ。

3

長尾から秋田に連絡が来たのは、鶴磨たちと会った日の深夜だった。

翌朝十時に豊洲に来てほしいという。橋爪も一緒にということだった。

急遽《きゅうきょ》、橋爪と連絡を取り、車を出して、翌日の朝、指定された東京メトロ豊洲駅前の交差点に出向いた。

秋田は長尾を拾い、助手席に乗せた。

長尾は道を指示し、駅から五分ほど走ったところにある海沿いの高層マンションへ向かわせた。

道中、長尾に何の用なのか訊《たず》ねたが、長尾は答えなかった。

地下の駐車場へ入って車を停《と》め、駐車場から直通のエレベーターで上階へ上がる。二十八階で降り、広々とした廊下を進んで、二八一一号室のベルを鳴らした。

秋田も橋爪も落ち着かない。不安で仕方ないが、長尾についていくしかない。

ドアが開く。グレーのスーツを着た大柄の男が顔を出した。長尾も目つきの悪い男だが、スーツの男の目は、見た瞬間に身震いするほどの冷徹な澱《よど》みを含んでいた。

「どうぞ」

秋田と違わない太い声で招く。

長尾が先に玄関を潜《くぐ》る。秋田が続き、橋爪が最後に入った。室内履きに履《は》き替え、案内されるまま大理石の廊下を進む。

大柄の男がドアを開く。三人は中へ入った。広々としたリビングに余裕をもって置かれた応接セットのソファーに、佐久間の姿があった。

「朝からご足労いただいて、申し訳ない」

佐久間は座ったまま、笑顔を向けた。

長尾に続き、秋田と橋爪が佐久間の元に近寄る。

「佐久間さんのお呼び立てでしたか。それならそうと言ってくだされればよかったのに」

秋田は長尾を睨んだ。長尾は片笑みを浮かべ、受け流した。

「私が黙っておくようにと指示したんです。まあ、お座りください」

佐久間は差し向かいのソファーを手で指した。秋田と橋爪はソファーに座った。長尾は佐久間の隣に腰を下ろした。

「お二人にコーヒーを」

佐久間が大柄の男に命ずる。

「お気遣いなく」

秋田が言う。

「コーヒーはお嫌いですか？」

「いえ、そんなことはないですが」

「では、飲んでいってください。インドネシア産のコピ・ルアクが手に入りましてね。味はともかく、稀少なものですから、ぜひ、お二人にも味わってほしいと思いまして」

「コーヒーを飲ませるために、俺たちを呼んだんですか？」

「まあ、話は後で」

佐久間は微笑んだ。

マイセンのカップに注がれたコーヒーが出された。秋田と橋爪の前にも置かれる。橋爪は戸惑った様子で秋田を見る。

秋田は目で頷き、カップを手に取った。口に含む。濃厚だが、ほのかに柔らかい果実臭も感じさせる独特の風味だった。

コピ・ルアクとは、ジャコウネコの排泄物《はいせつ》から採取されたコーヒー豆を焙煎《ばいせん》したものだ。ジャコウネコの腸内細菌で発酵した未消化のコーヒー豆を洗浄し集めたもので、その稀少価値から高級品として扱われている。

ハーブにも似た独特の風味は、コーヒー好きを虜《とりこ》にしてきた。

橋爪もコーヒーを味わう。高価な物をじっくりと味わいたい気持ちはあったが、心配が昂《こう》じて、それどころではなかった。

コーヒーを飲み干し、カップを置く。秋田もさっさと飲み干し、佐久間を見た。

「何か、話でも？」

秋田はたまらず切り出した。

佐久間は手に持ったソーサーにカップを置いた。

「先日、買い取らせていただいた品の件なんですが」

ソーサーをテーブルに置く。体を戻し、ソファーの背に深くもたれ、脚を組む。指を組んだ両手を太腿に乗せ、秋田を静かに見つめた。

「あれは、宝福南青山店で強奪された品ですね？」

佐久間が言った。

秋田は双眸《そうぼう》を見開いた。橋爪は瞬く間に色を失った。

「何のことで――」

秋田がごまかそうとする。

すぐ、佐久間が遮った。

「よしましょう、秋田さん。あの事件を起こしたのがあなた方であることは、もう調べが付いています」

佐久間はグレースーツの大柄の男に目を向けた。

男は左手にあるドアを開けた。中へ入り、すぐさま出てくる。

男と共に小柄な老人が現われた。

「やっさん！」

秋田が腰を浮かせた。

男は吉岡を秋田の横に座らせた。

「源さん、すまねえ……」

吉岡は背を丸め、小さくなった。橋爪が蒼《あお》くなって震える。

「てめえら……やっさんに何をした！」

秋田は怒鳴った。

「ああ、ご心配なく。乱暴はしていませんよ。ねえ、吉岡さん」

佐久間が顔を向ける。

吉岡はかすかに頷いた。

「あなた方を部下に見張らせていたんです。すると、秋田さんのマンションから橋爪さんとは違うもう一人の人が出てきた。なので、尾行させ、住まいを突き止め、東京を出ようとしたところで声をかけ、こちらへ来てもらったんですよ」

佐久間は淡々と語った。

「私は吉岡さんに、あなた方がどうやって私に売った宝石を手に入れたのか訊いたんですが、なかなか答えていただけなかった。しかし、別ルートからあの宝石が宝福南青山店のものだということがわかり、それを伝えると、すべての事情を話してくれました」

「すまねえ、源さん、孝行君……」

吉岡はますます小さくなった。

「いいんだよ」

秋田は肩を抱き、さすった。

「で、どうしろってんだ。あの金を返せというのか？」

片眉を吊《つ》り上げ、佐久間を睨む。今にも襲いかかりそうだった。

佐久間はふっと微笑んだ。

「まあまあ、秋田さん、落ち着いて。お渡しした金はあなた方のものです。私にも十分儲《もう》けがありますから。リフォーム会社設立の資金に使ってください」

佐久間が言う。

リフォーム会社の件が佐久間の口から出たことで、秋田は吉岡がすべて話したことを実感した。

「宝石はまだ半分あるそうですね」

「ああ。欲しいというならくれてやる！」

「それはいただきたいと思っています。金は出しませんが」

「いらねえよ。口止め料だ」

「それもいいのですが、中島さんが自首している以上、警察があなた方を特定するのも時間の問題だ。そうなれば、あなた方の夢だったリフォーム会社設立もできなくなるし、何よりそちらの橋爪君が、一生を棒に振ることになる」

佐久間は橋爪を見やった。

橋爪は震えを止められなくなっていた。両手を握り締めて足下を凝視している。

「あんたには関係ない話だ。うまくやる」

秋田が言う。

「無理ですよ。簡単に吉岡さんが捕まるようでは」

佐久間は小さく失笑した。

秋田は歯嚙《はが》みをした。

完全に足下を見られていた。が、佐久間の言う通り、こうも簡単に吉岡が別の者の手に落ち、白状してしまうようでは、すべてが露呈するのも時間の問題だ。

「宝石はやる。あんたには迷惑はかけねえ。あとは放《ほう》っておいてくれ」

秋田は吉岡の肩を抱き、立ち上がろうとした。

「まあ、待ってください。一つ提案があるんですよ」

佐久間が言う。

秋田は佐久間に顔を向けた。

「宝石は私がいただきます。その代金の代わりに、私の方で身代わりを用意するというのはいかがですか？」

「身代わりだと？」

秋田が訊く。吉岡と橋爪が顔を上げた。

「そうです。話を聞く限り、現場や近隣の防犯カメラで、あなた方の人数と特徴はすでに警察につかまれているでしょう。なので、その特徴に合った別人を揃《そろ》え、自首させるのです」

「そんなことができるのか？」

「難しい話ではありません」

佐久間は不敵に微笑んだ。

「あなた方が望むなら、すぐに手配します。悪い話ではないと思いますが。どうしますか？」

佐久間は詰め寄った。

三人は突然の申し出に戸惑い、顔を見合わせる。

佐久間はあたふたとする三人を眺め、ほくそ笑んだ。

4

鶴麿と静花は、翌日の昼前に敬老館を訪れた。

二人の姿を認め、真っ先に駆け寄ってきたのが、北本志津子だった。二人の前で立ち止まると、いきなり鶴麿の腕をパンと叩いた。

「いたっ！」

鶴麿は顔をしかめ、腕をさすった。

「ちょっと、刑事さん」

北本は好奇の目を輝かせた。

「何ですか、いきなり……」

迷惑げに北本を睨《にら》む。が、北本はまったく動じない。

「何を調べてんのさ」

「あなたには関係のないことです」

鶴麿はたじたじとなって答える。

静花は敬老館の中を見た。美織はいない。橋爪や秋田の姿もない。

「お母さん、今日は人が少ないですね」

静花が話しかける。

「御前！」

余計な口を利くな、と釘《くぎ》を刺そうとした。が、静花は小さく右手を上げて、鶴麿を制した。鶴麿は口角を下げ、腕を組んだ。

「お母さん、ちょっと教えてほしいことがあるんだけど、いいですか？」

「あたしでよければ」

北本は喜々とする。

「お母さんは、筋力トレーニングをしてますか？」

「ああ、してるよ。足腰が弱っちゃ、何もできないからね。昨日のこの人みたいにすっ転んじゃあみっともないわ」

北本は鶴磨を見て大笑いした。

鶴磨は眉《まゆ》を上げ、歯ぎしりをした。

「お母さんのシューズは、トレーニング室に置いているんですか？」

静花が訊く。

「あるけど。何か事件に関係あるのかい？」

興味津々に訊いてくる。

「いえ、トレーニング用のいいシューズを探しているので、お母さんが使っているものも見せてもらえたらなと思って」

「なんだ。お姉ちゃんの私用かい。まあいいよ」

北本は言うと、トレーニング室へ向かった。

静花は館内へ入った。

「磨さん、行きましょう」

「私はシューズに興味はない」

仏頂面で言う。

静花は鶴磨に近づいた。耳に口元を寄せる。

「あのお母さんに、シューズの持ち主を教えてもらいましょう」

小声で言う。

その手があったか！　鶴磨は目を見開いた。腕を解《ほど》き、静花を見やる。

「機転が利くじゃないか」

「磨さんの指導のおかげです」

「わかっていればよろしい。行こう」

鶴磨は靴を脱ぎ、スリッパを履《は》いて、静花の前を歩き出した。静花が続く。

北本は靴箱の前にいた。自分のシューズを手にして立ち上がる。

「あー、北本さん」

鶴磨が声をかける。が、振り向いた北本は鶴磨を突き飛ばし、静花の下へ駆け寄った。

よろけた鶴磨は、あわてて歩行訓練器具の棒をつかんだ。

「なんだ、まったく……」

北本をひと睨みし、靴箱を見た。名前を記したシールが貼ってある。

鶴磨は腰を屈《かが》め、名前を確認した。秋田や吉岡の名前がある。

そういえば、静花は秋田が怪しいと言っていた。鶴磨は静花の方を見た。静花は北本につかまり、シューズの説明を聞かされている。

鶴磨は、トレーニング室の利用者が自身の運動を記録するプリントを見つけた。数枚取り、秋田の靴を取り出して、裏の白面に靴型を押しつけた。吉岡の靴も同様に靴底の型を取る。

型を取った紙をポケットに入れつつ、靴箱を見ていく。鶴磨が背中に載せた靴を見つけた。シールには〝橋爪〟と記されていた。

「あの若いのか……」

鶴磨は上体を起こし、静花に歩み寄った。

静花はまだ、北本からシューズの説明を聞かされていた。

「あの、お母さん。他の靴も――」

別の質問をしようとするが、北本は聞く耳を持たず、滔々《とうとう》と持論を語っていた。

「御前、そろそろ失礼しよう」

「ですが……」

困った様子で眉尻を下げる。鶴磨は、小さく頷《うなず》いてみせた。

「北本さん、我々は仕事がありますので、このへんで」

「あら、何か調べに来たんじゃないの？」

「おお、そうだ」

鶴磨は北本に微笑みかけた。

「先日、大泉学園《おおいずみがくえん》駅近くでひったくりがありましてな。その目撃者がいないか、このあたりで聞いて回っているんですよ。一週間前の午前四時ごろ、不審なバイクを見た記憶はありませんか？」

「朝の四時かい？　まだ、寝てるよ」

「そうですか。それは残念です。では——」

鶴麿は言い、トレーニング室を出た。

北本が追いかけてきた。鶴麿の袖《そで》をつかむ。

「よかったら、他の人にも聞いといてあげようか？」

「ああ、そうですね。よろしくお願いします」

鶴麿は笑みを作り、北本の手をそっと外した。

北本は談話室に駆けて行き、早速、来館者を集め始めた。

鶴麿はその様子を一瞥《いちべつ》して苦笑し、表に出た。静花が続く。

「麿さん、名前を聞かなくて大丈夫だったんですか？」

「靴箱のシールで確認した。私の背中に付いた型の靴は、橋爪のものだったよ」

鶴麿の言葉を聞き、静花は真顔になった。

「ついでに、秋田、吉岡両氏の靴型も取ってきた」

ポケットから紙を出し、静花に差し出す。

「預かっておいてくれ」

「いつの間に」

「君が北本さんにつかまっている間にな。時間は有限だ。橋爪孝行の住所は?」

「本部に問い合わせればわかります」

「すぐ連絡を」

「はい」

静花は頷き、スマートフォンを出した。鶴磨の少し先を歩きながら、電話を始める。

また、ポイントを稼いだな。鶴磨は静花の背中を見つめ、チョビ髭をさすって笑みを浮かべた。

5

秋田たちは、佐久間のマンションに一泊した。させられたと言った方が正しい。要は、軟禁されたようなものだった。

三人はゲスト用の寝室にいた。寝室に接しているリビングには、佐久間の部下らしきグレーのスーツを着た大柄の男やその仲間が三人、詰めている。

逃げ出すことも考えたが、屈強な男三人を倒して逃げるというのは現実的ではなかった。

佐久間は、何泊でもしていいと言った。言い換えれば、佐久間の提案を呑まない限り、この部屋に軟禁され続けるということだ。

橋爪や吉岡はベッドで横になっていたが、一睡もしていない。顔は青白くなり、目の下のクマも濃くなっている。秋田もソファーで少し寝たが、疲れは隠せなかった。

時折、今後どうするかを三人で話した。

秋田は話に乗るしかないと主張した。吉岡は躊躇《ちゅうちょ》していた。橋爪はどちらともつかず、終始押し黙っていた。

ドアが開いた。吉岡と橋爪は身を寄せ、ドア口に目を向けた。秋田も静かにドアの方を見据える。

グレースーツの男が顔を出した。佐久間は彼を〝樽沢《たるさわ》〟と呼んでいた。

「みなさん、ブランチの用意ができていますが、どうしますか?」

そう声をかける。

秋田はサイドテーブルの時計を見た。午前十一時を回ったところだ。開いたドアの向こうから、料理の匂《にお》いが漂ってくる。

「いただくよ」

秋田が言う。

「承知しました」

樽沢は言って、ドアを閉めた。

「やっさん、孝行。とりあえず、メシを食おうや」

秋田が促した。

「食事をする気にはなれんよ……」

吉岡が言う。

「僕も……」

橋爪も同調した。

「どうするかはともかく、食わなけりゃ、力も出ない。メシを食いながら、今後のことを話し合おう。ほら、行くぞ」

秋田はソファーから立ち上がった。ドアを開ける。

吉岡と橋爪は、渋々ベッドを降り、秋田に続いた。

リビングにはケータリングでブッフェスタイルの食事が用意されていた。樽沢が一人、待っている。秋田の姿を認め、椅子《いす》から立ち上がった。

「お好きにどうぞ。私たちは隣の部屋にいますので」

「佐久間さんや長尾は？」

「所用で出かけています。そろそろ戻ってくるとは思うのですが、どうぞ、ごゆっくり召し上がっててください」

樽沢は言い、隣の部屋へ引っ込んだ。

秋田は皿を取り、スパゲティーやピラフなどを盛った。水を取り、テーブルに着き、食べ始める。躊躇していた吉岡と橋爪も、秋田が食べ始めると途端に空腹を感じ、各々皿を取って、料理を盛りつけた。

二人並んで、秋田の向かいに腰かけ、料理を口に運ぶ。いったん食べ始めると、三人は止まらなくなった。特に、若い橋爪は次から次に料理を取り、胃袋へ流し込んでいく。蒼《そう》白《はく》だった吉岡と橋爪の顔に赤みが差した。秋田の顔に滲《にじ》んでいた疲労感も、幾分かマシになる。

三人は二十分もしないうちに、腹を満たした。橋爪が皿を片づけ、コーヒーを淹《い》れる。吉岡と秋田の前にコーヒーの入ったカップを置き、自分の分も用意して、吉岡の隣に戻った。

「やはり、メシは大事だな」

秋田が笑みを覗《のぞ》かせる。吉岡と橋爪はつられて微笑んだ。

秋田はコーヒーを喉に流し、カップをテーブルに置いた。正面の二人に目を向ける。

「さて、今後のことだが――」

切り出す。

吉岡と橋爪の顔が強張《こわば》った。

「ここは佐久間の提案を受けるしかないと思うんだ。でなければ、何日でもここに監禁される。それぞれの自宅に戻らないと——やっさんは、湯治だな。いずれにしても、ここを出て戻るべきところに戻らなければ、俺たちは疑われて、警察に捕まることは確実だ」

「佐久間さんの提案に乗っても同じことじゃないか？」

吉岡が言う。

「結果は同じだとしても、何もせずに捕まるのとはわけが違う。少なくとも、身代わりがうまくいけば、シゲさんの思いを酌んで、年寄りたちの居場所を作れる可能性は残る。それがシゲさんの思いに応《こた》えることなんじゃないかな」

「けど、何をさせられるかわからないよ」

吉岡はカップを握った。

吉岡がずっと心配していたのは、佐久間が宝石を渡しただけで引き下がるとは思えない点だった。

そこは秋田も気になっていた。佐久間は秋田たちが実行犯だということを知っている。脅して臭い仕事をさせようと思えば、いくらでもさせることができる。佐久間の提案に乗るということは、生涯、佐久間の手先に成り下がるということでもある。

「孝行はどうなんだ？」

「僕は……」

うつむいて、口ごもる。

「思うことを素直に言ってみろ」

秋田は柔らかい口調で促した。

橋爪はカップを手に包んで回した。しばらくしてカップを強く握り、顔を上げる。

「正直、どちらも怖いです。捕まるのも怖いし、といって、佐久間さんの言いなりになるのも怖い。すみません、どうしていいのか、わからなくて……」

「いいんだよ。こんなもの、究極の選択だ。誰だって迷う。しかしな、孝行。迷うなら、可能性のある方に賭《か》けてみないか？」

「可能性、ですか……」

「確かに、俺たちは非道を行なった。本当なら、シゲさんのように自首して罪を清算したほうがいいのかもしれない。けどな、罪の償い方は他にもあるはずだ。シゲさんの友達の綾部さんみたいな人や俺たちのような老人に生きる場所を与えるというのも、立派な償いだと思う。屁理屈かもしれんが、このまま捕まれば、誰も報われない。違うか？」

秋田が力説する。

「……そうかもしれませんね」

橋爪は再びうつむいた。

「どうするか、決めよう。もし、やっさんや孝行が、それでも身代わりを立てるなんてのは嫌だというなら、ここを出て三人で自首しよう。でなければ、佐久間の提案に乗る。もうこの二択しかない。選んでくれ」

秋田が言う。

吉岡は橋爪を見た。橋爪はうつむいたままだった。吉岡はいったん顔を伏せ、目を閉じた。しばし沈黙する。やがて両目を開いて、ゆっくりと顔を上げた。

「わかったよ、源さん。わしは身代わりを立てる方に乗るよ」

「そうかい。孝行は？」

「……僕も、そうします」

小声で言い、自分を納得させるかのように頷いた。

「よし、それで決まりだな。樽沢さん！」

秋田は隣部屋に声をかけた。

樽沢が顔を出した。

「食事はお済みですか？」

「ああ、ごちそうさん。おいしかったよ。今すぐ、佐久間さんに連絡を取ってくれないか？」

「かまいませんが、ご用件は？」

「身代わりの提案を受け入れると」

「承知しました」


樽沢は部屋の隅へ行き、スマートフォンを取り出した。佐久間に電話する。

樽沢を見ていた秋田は、吉岡と橋爪に顔を戻し、強く頷いて見せた。

6

午後三時を過ぎた頃、橋爪は会社が社宅として借り上げているワンルームマンションに戻った。

マットレスの縁に腰を下ろす。疲労がドッと込み上げてきた。横たわると、体がマットに沈んだ。

橋爪は仰向《あおむ》けになり、天井を見つめた。

樽沢が連絡を入れたのち、まもなく、佐久間と長尾がマンションへ戻ってきた。

そこで、話し合いが行なわれた。

佐久間は今日の夜半から明日の明け方にかけてのいずれかの時間に、身代わりを出頭させると約束した。代わりに、秋田たちは残り半分の宝飾品を佐久間に渡すことで合意した。

吉岡がしきりに気にしていた〝臭い仕事〟に関しても、佐久間はそんなことはさせないと笑って答えた。にわかには信じがたいが、あの場ではその言葉を信じるより他はなかった。

話し合いが終わり、三人は解放された。

吉岡は湯治に行っているという名目なので、佐久間が予約した伊豆の温泉地へ連れていかれた。秋田は自分の車に乗り、一人で自宅マンションに戻った。橋爪は電車を乗り継ぎ、自宅へ戻った。

「これでよかったのかな……」

独り言《ご》ちる。

中島も含め、四人で強盗をしたことは事実だ。が、他の三人と自分には決定的な違いがある。

自分は人を殺した。

行き掛かりのトラブルだったとはいえ、他の人たちとは圧倒的に違う罪を犯してしまっている。

両腕を持ち上げ、見つめる。詳しくは覚えていないが、絞め殺した時の感触は、しっかりと腕の細胞に刻まれている。

橋爪は両腕で胸を抱き、横になって丸まり、震えた。

佐久間は自分たちを利用しないと約束した。が、そもそも、盗品を平気で買い取り、犯罪者の身代わりまで立てるような男だ。

もし、佐久間が利用しようとすれば、真っ先に目を付けられるのは自分だ。若いし、何より殺人という拭い難い罪を背負っている。

自首したほうが楽になれるのでは……。

心の中の自分がつぶやく。

しかし、自分が自首をすれば、秋田も吉岡も捕まってしまうだろう。それは、彼らを裏切ることになる。佐久間も黙っていないかもしれない。

「どうしよう……」

橋爪は頭を抱えた。

不安が脳みそをかき回す。叫び出しそうになるのを必死に抑えた。

「逃げようか」

ぽつりとつぶやいた。

橋爪の震えが止まった。横たわったまま双眸を開き、シーツを見つめる。

「そうだ、逃げよう」

身を起こした。

行方をくらましてしまえば、佐久間たちに利用されることはない。捕まらなければ、秋田や吉岡に迷惑をかけることもなくなる。

橋爪は立ち上がった。

クローゼットを開け、リュックを取り出し、目に映る衣服を詰め込んだ。借金返済用に秋田からもらった金も、まだ半分残っている。残りの借金を踏み倒すことにはなるが、それも逃亡する理由となる。

スマートフォンはテーブルに置いた。連絡がつくものは一切いらない。

誰も知らない土地でやり直そう。

一度傾いた思考は、戻らなかった。

橋爪は窓際に駆け寄った。カーテンの隙間《すきま》から駐車場を覗く。

「やっぱり……」

見慣れない黒いワゴンがある。その脇に痩《や》せこけた男が立っていて、タバコを吸っている。

長尾だった。ちらちらと上階を見上げている。

彼らが手放しで、自分たちを解放するわけがないと思っていた。案の定、佐久間は見張りに長尾を送り込んでいた。

吉岡は、温泉地へ連れて行った部下に見張らせるのだろう。秋田もまた、宝石を届けたのちに誰かに見張られるに違いない。

橋爪はマットレスに戻り、横になった。

夜になったら、出よう。

そう心に決め、目を閉じた。

7

鶴麿は見張りを静花に任せ、シートを倒して寝ていた。口をぽっかりと開け、いびきをかき、鼻息でチョビ髭を揺らしている。

一際大きないびきが車内に響いた。鶴麿が息を詰まらせて飛び起きる。

「何かあったか！」

寝惚《ねぼ》け眼をこじ開け、周囲を見やる。

運転席で静花が微笑んでいた。

「異常ありません」

静花が言う。

鶴麿は車外を見た。すっかり陽《ひ》が暮れている。鶴麿は手の甲で涎を拭い、倒したシートを起こした。

「今、何時だ？」

「午後十時を回ったところです」

「交代の時間、とっくに過ぎているじゃないか。なぜ、起こさなかった？」

「あまりにぐっすりと休まれていたので、お疲れなのかなと思いまして」

「いらん気づかいだ」

鶴麿はビシッと言った。

鶴麿と静花は、橋爪の住所を特定した後、橋爪の自宅マンションに赴き、玄関ドアが見える場所に車を停《と》め、車内から張り込みを続けていた。

橋爪は午後三時過ぎにどこからか戻ってきた。それ以降、橋爪の部屋に動きはない。

午後五時過ぎ、静花に食料を買いに行かせ、車中で夕食を済ませた後、鶴麿は仮眠を取った。

張り込みは、時に何日も同じ場所に居続けなければならなくなる。動きのない時、交代で休むというのは鉄則だ。

鶴麿は静花に、午後七時を回ったら起こして、見張りを交代するように命じていた。が、静花は死んだように眠っていた鶴麿を起こさず、自分一人で見張りを続けていた。

眠らせてくれるのはありがたい。むしろ、このまま静花に見張りを任せて、朝まで眠っていたい。しかし、もし橋爪に何らかの動きがあり、その機に眠りこけていたとすれば、手柄をみすみす逃すことになる。

現場で発見された足跡の一つが橋爪のものと判明し、橋爪が勤務する敬老館に通っていた中島が自首してきている。中島や橋爪と接点のある敬老館の面々が今回の犯行に関《かか》わっているのは明白だった。

ここで他の犯人を一網打尽にすれば、すべて鶴磨の功績となる。最後の最後に、静花や他の者に手柄を持って行かれるのは業腹だ。

「張り込みは長丁場だ。一人が無理をすれば、それだけチームの者にも無理をさせることになる。私とて刑事だ。私の体を案じてくれたことには感謝するが、私情を優先させてはいけない。わかったか?」

「もっともです。すみませんでした……」

静花は肩をすぼめ、しゅんとした。

「わかればいい。以後、気をつけるように」

鶴磨が言う。

そのとき、尿意を催した鶴磨の体がブルッと震えた。

「ちょっとトイレに行ってくる。私が戻ってきたら、君も少し仮眠を取りなさい」

「はい」

静花が頷く。

鶴磨は車を降りた。マンション裏手の公園に走る。ほのかに明かりが灯《とも》る公園内に人の気配はなかった。薄暗いトイレに飛び込み、放尿する。下腹部がスッキリとし、鶴磨の口から思わず吐息がこぼれた。

手を洗い、水を切って表に出る。マンションの方を見た。

植え込みの先に金網があり、その先にマンションの駐車場がある。さらにその奥に建物があり、見上げると四階に位置する橋爪の部屋が確認できた。橋爪の部屋のカーテンは閉じられているが、明かりは点《つ》いていた。

「動く様子はないな」

ぼそりとつぶやく。

鶴磨は大あくびをした。ふっと駐車場の方へ顔を戻す。あくびが止まった。

「なんだ……？」

植え込みの低木に身を寄せ、腰を屈《かが》める。枝葉の隙間から、駐車場を覗いた。

黒いワゴンが停まっていた。その脇に細身の男が立っていて、タバコを吸っている。マンションへ向かう様子はない。男は時折、マンションの上階に目を向けている。

男が顔を上げるたび、視線を追ってみた。その視線は、橋爪の部屋へ向いているように思われる。

鶴磨はその場に屈み込み、男の様子を観察した。

駐車場に車が入ってきた。ヘッドライトが男の姿を掠《かす》める。男は明かりを避けるようにワゴンの陰に身を寄せ、タバコの火種を手のひらの方へ向けて隠し、顔を伏せた。

「怪しいな、こいつ……」

鶴麿のセンサーが働く。

住民ではなさそうだ。しかも、橋爪の部屋を気にしている。鶴麿の知る限り、警察の人間でもない。

事件の関係者か？

思うが、鶴麿の見立てでは、中島、橋爪の仲間は、ほぼ秋田と吉岡のみに間違いない。しかし、目の前にいる痩せ男はあきらかに橋爪の部屋を見ている。行動を見るに、見張っていると言ってもいい。

他に仲間がいるのか？

湧き上がる疑問の答えを探す。

敬老館の関係者以外に仲間がいることは予想していなかった。もし、別に共犯者がいれば、ここまで積み上げた推理がいっぺんに崩れることになる。

男のシルエットは細く頼りない。この程度の男なら自分一人でも押さえ込めそうだ。

鶴麿は携帯を取り出した。静花に連絡を入れる。

「——もしもし、私だ。公園側から橋爪の部屋を監視できる場所を見つけた。橋爪の部屋の明かりは点いている。念のため、橋爪の部屋の明かりが消えるまで、ここで張り込みをしておく。君は正面を見張っていてくれ。よろしく」

小声で口早に言い、電話を切る。

携帯電話を内ポケットに収めた鶴磨は、男を凝視した。

8

橋爪は時計を見た。午後十一時を回ったところだ。影が映らないよう、壁に沿ってカニ歩きし、カーテンの隙間から外を覗いた。

黒いワゴンはまだ停まっている。が、人影は見当たらない。

「今しかないかも……」

ともかく行けるところまで遠くへ逃げる。

行先はどこでもいい。とにもかくにも、彼らの監視網から解放されない限り、真の自由はない。

橋爪はベッドに戻り、服を脱いだ。用意していたバスタオルを取り、わざと窓の近くに歩み寄り、頭を拭《ふ》くふりをして、バスタオルを首にかけた。そして、電気を消す。

外で誰かが監視していたとしても、今の様子を見れば、風呂《ふろ》から上がって床に就いたと思うだろう。

すぐさま、脱いだ服を再び着込んだ。表から射すわずかな明かりを頼りにリュックを背負い、玄関へ向かう。

音を立てないようにノブを回し、少しだけ開ける。外の廊下の明かりが三和土《たたき》に射し込む。しゃがみ込んで隙間に左目を当て、耳もそばだて、廊下の様子を探る。人の気配はない。

そのまま素早くドアを開き、廊下に出た。腰を落とし、壁に身を隠しながら、駐車場に出る非常階段へ向かう。階段付近でもう一度、人気を探る。誰かがいる気配はなかった。

橋爪は一気に階段を駆け下りた。

駐車場に監視者がいることはわかっている。本来なら、玄関から出て行く方がいいのかもしれない。が、玄関の方にも見張りがいれば、逃げられる可能性は薄くなる。

駐車場には、時々通勤に使っている50ccのバイクがある。それを使えば、追っ手を撒《ま》いて駅に出られるだろうし、そのまま逃げることも可能だ。

一階にたどり着く。橋爪は裏口のドアを開けるためのテンキーを操作した。駐車場端にはゴミ捨て場がある。そこを利用するため、住人にはドアロックの暗証番号が知らされていた。

暗証番号を打ち込むと、ガチャッとロックが外れた。ドアハンドルを倒し、そっと開ける。黒いワゴンを目の端に捉《とら》えつつ、ドアを少しだけ開け、体を隙間に滑らせた。

ゴミ捨て場の壁に身を隠し、駐輪場を見つめる。駐輪場は駐車場の一番奥にある。そこまではワゴンで監視している者に気づかれず進める。が、駐車場を出るためには、ワゴンの前を横切らなければならない。

駐輪場背後の金網を乗り越えることも考えたが、金網上部には防犯用警報装置の赤外線センサーが仕込まれている。警備会社が騒ぎ出すのもうまくない。

橋爪は薄闇《うすやみ》に身を隠し、駐輪場まで走った。他のバイクや自転車に身を隠し、肩で息を継ぎながら周囲を見やる。駐車場に人はいない。ワゴンの中の監視者も気づいていないようだ。

今しかない！

バイクを跨《また》いだ。キーを差し込み、セルボタンを押す。キュルルッと音が立ち、エンジンがかかった。甲高いエンジン音が駐車場に響く。

橋爪は点灯したライトを気にしながら反転し、駐車場の出口にフロントを向けた。

そして、スロットルを思いっきり回した。

9

鶴磨は橋爪の部屋の明かりが消えたことを確認した。

「寝てしまったか」

黒いワゴンに目を向ける。

車中へ引っ込んだ男が出てくる様子はない。

「的外れだったかな……」

独り言ち、立ち上がる。

と、いきなり、胸元の携帯が震えた。鶴磨はドキッとしてしゃがみ、携帯を取り出した。

静花からだった。

「なんだ！」

小声で怒鳴る。

――磨さん、橋爪に動きはありませんでしたか？

「ヤツの部屋の電気が消えた。風呂から上がったようだから、寝たんだろう。なぜ、そんなことを訊く？」

――いえ……橋爪の部屋のドアが開いたような気がしたので。

「確かか？」

鶴磨は橋爪の部屋に目を向けた。明かりは消えたままだ。

――出入りした人間の姿を見たわけではないのですが。確認してきますか？

「待て。一度、私もそっちに――」

戻る、と言いかけたとき、突然、駐車場にスキール音が轟《とどろ》いた。

鶴磨は携帯を握ったまま、駐車場に顔を向けた。

バイクが前輪を撥《は》ね上げ、急発進した。

——磨さん、今のは何ですか！

耳元に静花の声が響く。

「わからん！」

鶴磨は携帯に叫んだ。

すると、黒いワゴンのヘッドライトが灯った。ハイビームでバイクの影を照らす。

今度はワゴンのタイヤが唸《うな》りを上げた。けたたましいスキール音と共にタイヤが回転し、ゴムの焦げる臭いと白煙が立ち上る。

ワゴンが急発進した。バイクに向かってスピードを上げる。

「危ない！」

鶴磨は思わず声を上げた。

バイクが傾いた。乗っていた者が投げ出される。倒れたバイクは横滑りし、ワゴンの前に突っ込んでいく。ワゴンの前輪がバイクに乗り上げた。フロントが跳ね上がり、向かい側に停めてあった車に衝突する。

アスファルトを滑った男が、停まったワゴンのボディーに激突した。男の体が一度跳ね、地面に叩きつけられる。

騒然となった。マンションの窓が次々と開く。

「駐車場だ！」

鶴磨は携帯を握って怒鳴り、ポケットに突っ込んで、金網に飛びついた。足を滑らせながらも金網を乗り越え、駐車場に転げ降りた。

ワゴンから細身の男が降りてきた。地面に伏せて呻《うめ》いている男に近づく。

鶴磨は男たちを見た。細身の男の正体はわからない。が、リュックを背負った男は橋爪だった。

細身の男は橋爪の襟首をつかんだ。抵抗する橋爪の顔を殴りつけ、ワゴンの方へ引っ張っていく。

「何をしている！」

鶴磨は声を張った。

細身の男が一瞬、鶴磨に目を向けた。その隙に橋爪が男の手を振り払った。必死に立ち上がり、足を引きずりながらも駐輪場の方へ戻っていく。

細身の男が橋爪を追う。鶴磨は細身の男に駆け寄った。

「何をしているんだ、貴様！」

鶴磨は、男の襟首をつかんだ。引き倒そうと引っ張る。が、男は動かない。

「うるせえ！」

男が右肘を振った。

肘が鶴麿の頬にめり込んだ。

「はうあ！」

鶴麿は相貌《そうぼう》を歪《ゆが》め、手を放した。よろよろとふらつき、片膝《かたひざ》を落とす。

細身の男は鶴麿を一瞥《いちべつ》し、橋爪を追った。

「麿さん！」

静花が駐車場に駆け込んできた。

鶴麿の許《もと》にまっすぐ駆け寄り、膝を突いて、鶴麿の肩を抱く。顔を覗き込んだ。右の口辺と鼻《び》腔《こう》から血が出ていた。

「麿さん、血が！」

ハンカチを出し、顔に当てようとする。

鶴麿は、静花のハンカチをひったくった。

「私はいい！　あの男を追え！」

鶴麿は細身の男を指差した。

「わかりました！」

静花は立ち上がり、細身の男の背を睨《にら》んだ。パンプスの踵《かかと》を鳴らし、長い髪を跳ね上げ、疾走する。

鶴麿はハンカチで口元を押さえた。

「いたっ……。あの男、私に不意打ちを食らわせおって。御前！　抵抗するようなら多少の暴力は許す！」

鶴麿は静花の背を見つめ、大声で言った。

細身の男は駐輪場に迫った。その先には、金網を越えようとする橋爪がいる。男は金網まで駆け寄ると、橋爪の右足をつかんだ。

「てめえ、逃げるとはいい根性してんじゃねえか」

「放せ！　放してくれ！」

左足底で男を蹴《け》ろうとする。

男は顔を傾けて橋爪の足を避《よ》け、両手で右足首をつかみ、思いきり引いた。

橋爪の指が金網から外れた。男の足下に橋爪が落ちてくる。男は橋爪の髪の毛をつかんだ。

「一緒に来てもらうぞ」

男が橋爪を殴ろうと、右腕を振り上げた。

その時だった。

背後から、静花が迫った。

「あんた──」

静花は男の背中を睨みつけた。

「私の磨さんに──」

速度を上げる。

「何してくれてんのよ！」

怒鳴ると同時に、地を蹴った。

静花の体が浮き上がる。男は肩越しに振り返った。明かりを背に宙を舞う静花は、曲げていた右脚を瞬時に伸ばした。

強烈な跳び蹴りが、男の背中にめり込んだ。

男は橋爪の頭を飛び越え、顔から金網に突っ込んだ。腰が反り、胸元まで金網に押しつけられる。男の両膝が落ちそうになる。男は金網を握り、体を支えた。

橋爪は男の下から抜け出し、逃げようとした。

「あんたはじっとしてなさい！」

静花は橋爪の鳩尾《みぞおち》に爪先《つまさき》を叩き込んだ。

橋爪が息を詰まらせた。胸元を押さえ、前のめりになって突っ伏す。

静花は金網を抱く男の襟首をつかんだ。

「おとなしく来なさい。でないと、もっと痛い目に遭うよ」

引き寄せようとする。

そのとき、目の端にかすかな閃光《せんこう》を捉えた。

静花は手を放し、後方へ飛び退《の》いた。髪の毛がふわりと舞う。男がくるりと振り返った。右手に握られたナイフが静花の残像と髪の先を斬《き》る。

「邪魔するな」

男は静花を見据えた。

静花も見返す。瞳に怒気が宿る。

「覚悟なさいよ」

右脚を引き、半身に構える。

「うるせえな」

男はナイフを突き出した。

静花は左脚を男の左側面に踏み出した。広げた左手のひらで、男の腕の外側を弾《はじ》く。男の体が右にねじれ、切っ先の軌道が変わる。刃は静花の胸下をすり抜けた。

静花は右膝を蹴り上げた。男の右腕の上を滑るように流れた膝頭が、顔面にめり込む。男の相貌が歪んだ。強烈な膝蹴りを食らい、後方へ吹き飛ぶ。尻から落ちた男は一回転した。

すぐさま起き上がり、バックステップで下がり、身構える。男の鼻からは血が噴き出していた。しかし、拭おうともしない。どころか、血だらけの口元に笑みを滲《にじ》ませ、ナイフを握り直す。

効いてない……？

静花は男を見据えた。

膝は十分にめり込んだ。当たった感覚も悪くない。鼻梁《びりょう》も曲がるほどの打撃を与えている。普通であれば、立ち上がれない。

男の顔を正視する。

両眼がぎらついていた。だが、夜なのに黒目は小さいままだ。狂気を宿した獣の眼だった。

そういうことか――。

静花の双眸が鋭さを増した。

薬物依存者特有の目つきだ。いつ薬物を摂取したかはわからないが、痛みに鈍感になっているようだ。

再び半身に構えた。両肘を曲げて前腕を少し上げ、脇を締める。静花のスレンダーな体がさらに細く映る。

静花は相手をじっと見つめた。視界全体でうっすらと男の全身を捉える。

男はにやにやしながら、何度もナイフの柄を握り直していた。口元の血を舐《な》め、路面に吐き出す。同時に右腕を振り上げた。前のめりになって、振り下ろす。

静花は後方に飛び退いた。構えは崩さない。常に正対し、男の動きを見つめる。

男は静花に迫りながら、上下左右にナイフを振り回した。切っ先が明かりを受け、薄闇のあちこちで揺れる。

静花は髪の端を揺らしながらステップを切って避け、距離を保ち、男の動きを見ていた。男のナイフは無軌道に動いた。テクニックも何もない。ただ振り回しているだけだ。しかし、形がないだけに、安易には飛び込めない。

薬物で感覚が麻痺《まひ》している者を押さえ込むには、一発で意識を断つしかない。少しでも意識を残していれば、襲ってくる。

男は一見、疲れ知らずで静花を追い回しているように見えた。が、静花は男の変化を感じていた。

上下左右、無軌道に動いていた切っ先が次第に8の字を描くようになってきている。腕が疲れてきた証拠だ。顔には相変わらず薄気味悪い笑みを浮かべているが、額やこめかみには玉のような汗が浮いていた。口も開き、息も上がっている。

静花は足を止めた。男の右腕が上がった。瞬間、左前蹴りを放った。踵《かかと》が男の鳩尾にめり込んだ。

男は腕を振り上げたまま息を詰まらせ、腰を折って後退《あとずさ》った。

静花は左足を下ろすと同時に右脚を振った。長い髪がふわっと舞う。宙に弧を描いた静花の脛《すね》が男の首筋に食い込んだ。さらに静花は、足の甲で男の後頸部《こうけいぶ》を打った。

男が双眸を剝《む》き、前のめりになった。静花は一回転し、右脚を下ろして、半身に構えたまま男を見据えた。

男の上体がつんのめった。ぐらりと傾き、顔から地面に突っ伏す。男は尻を突き上げたまま、痙攣《けいれん》していた。

静花は男の尻を軽く蹴った。男が横たわる。白目を剝き、泡を吹いていた。

「ふう……」

息を吐き、腰のホルダーから手錠を出した。男の両腕を後ろにねじ上げ、手錠をかける。

パトカーのサイレンが聞こえてきた。住民が通報したようだ。

鶴磨が小走りで駆け寄ってきた。

「大丈夫か？」

「はい、なんとか」

立ち上がり、にこりとする。

「苦戦していたようだな。そんなに強いのか、この男？」

鶴磨が男を見やった。

「いえ、おそらくですが、薬物を使用していたようです」

「依存者か？」

手元に転がっているナイフを見やり、鶴磨の目尻が引きつった。

「たぶん、そうだと思います。痛みを感じていないようでしたから」

「そうか」

鶴磨は言いつつ、静花のハンカチで額の汗を拭った。

ただの細身の男だと思っていたが、薬物中毒者となれば別だ。中毒者は時に常人では想像もできないほどの狂気を発する。

ナイフを向けられなくてよかった……。鶴磨はごくりと唾《つば》を飲んだ。

「怪我《けが》はないか？」

「はい。磨さん、心配してくれるんですか？」

静花が訊く。

「当たり前だ。可愛《かわい》い部下に怪我をさせるのは忍びないからな」

鶴磨は上司面をしてみせる。

「可愛い……」

静花は目尻を下げ、頬を紅潮させた。

「ところで、橋爪は？」

「彼なら、あっちに――」

振り向き、駐輪場の金網付近を見やる。が、橋爪の姿がない。

「えっ！」

静花は駐輪場に駆け寄った。鶴磨も続く。二人して探してみるが、橋爪の姿は影も形もなくなっていた。

「すみません！ 動けなくなったと思い、放置していました」

静花が太腿に手を置いて、頭を下げる。

「まあ、仕方がない。すぐに手配しよう」

鶴磨はポケットから携帯を出した。

篠宮の番号を表示し、通話ボタンを押そうと指を伸ばす。しかし、鶴磨がコールする前に、その篠宮から電話がかかってきた。

「課長からだ」

鶴磨は静花を見た。

「この騒ぎの報告が行ったんでしょうか？」

静花が言う。

「いや、それはないと思うが……」

鶴磨は首を傾げ、電話に出た。

「もしもし、三木本です」

——磨さん、御前とすぐ戻ってきてください。

「どうしました？」

——中島以外の実行犯が自首してきたんです。

「なんですと！」

鶴磨は携帯を握り締めた。

「ただちに戻ります」

すぐさま携帯を切る。

「どうしたんですか、磨さん」

「実行犯が自首してきたそうだ」

鶴磨の言葉に、静花の眼差しが鋭くなる。

「戻るぞ」

「はい」

鶴磨と静花は到着した所轄の警察官に現場の処理を任せ、青山中央署へ急いだ。

第4章

1

鶴磨と静花は、青山中央署に戻るとすぐ刑事部屋へ駆け込んだ。篠宮のデスクの前には、浜中や他の捜査員も顔を揃《そろ》えている。鑑識課の能見祥平の姿もあった。

「遅くなりました」

鶴磨が小さく頭を下げる。

「磨さん、大変でしたね。御前、怪我《けが》はないか？」

篠宮が訊《き》く。

「はい、大丈夫です」

静花は頷《うなず》いた。

「課長。ところで、実行犯が自首してきたという話ですが」

鶴磨が訊いた。

「一時間ほど前、有賀《ありが》、松沼《まつぬま》、江木《えぎ》という三人の男が連れ立って自首してきました。今、取り調べを進めていますが――」

篠宮は眉間《みけん》に皺《しわ》を寄せ、苦悩を覗《のぞ》かせた。

「どうしました？」

鶴麿は続けて訊いた。隣にいた浜中が口を開く。

「自供はしたんですけどね。弁護士が付いていて、犯行の事実以上のことは話さないんですよ」

「どういうことだ？」

「彼らの自供内容は、いずれも、裏仕事の掲示板で今回の話を見つけ、応募して、犯行を行なったというものです。先に自首してきた中島茂春の供述とも合致します。しかし、犯行動機は知らないの一点張り。現場での細かいことを訊こうとすると、黙秘するか、弁護士を通してくれと言い出すんです」

「それはあきらかにおかしいな。私が御前に持たせた足型があっただろう。鑑識の結果は出たのか？」

鶴麿は能見を見た。

「おまえの読み通りだったよ。橋爪の靴底の型と同じく、秋田、吉岡の靴の底型と現場に残っていた足跡は一致した」

「ならば、犯人は橋爪、秋田、吉岡に間違いないだろう。敬老館でいずれも中島氏と交流のあった者たちだ。犯行を共にしてもおかしくはない」

「そうなんですが、自首してきた者たち三人が三人とも、靴は中島氏が持ってきたものを借りて犯行を行ない、その後、中島氏に返したと言うんですよ」

篠宮がため息を吐く。

「そんな嘘《うそ》を真に受けるのですか？」

鶴麿が返す。

「そうではないが、自首してきた者たちの供述に整合性がある以上、まずはその証言の裏を取らねばならないですね」

篠宮が言った。

「しかもですよ」

浜中が言葉を受ける。

「江木というひょろっとした若い男なんですが、店長の花田を殺害したのは自分だとまで供述しているんです。身代わりで自首してきた者が殺人まで認めるというのも、なかなか考えにくいですからねえ」

浜中の話を聞き、鶴麿は腕組みをして唸《うな》った。

「弁護士というのは？」

静花が訊く。浜中は静花の方を向いた。

「酒井《さかい》という弁護士なんだけど、有賀が連れてきたんだよ。そして、中島茂春も含めて、四人の弁護を受け持つと言われてね」

「有賀と酒井の関係は？」

「今、調べているところだ」

篠宮が答えた。

「いずれにせよ、犯人が自首してきた以上、まずは彼らを調べるしかない。磨さんと御前にも、三人の裏取りを——」

「課長」

鶴磨が顔を上げた。

「中島氏に会わせていただけませんか？」

「どうするんです、磨さん？」

篠宮が鶴磨を見上げた。

「話を聞くだけです」

「何もしゃべりませんよ。三人が自首してきて、弁護士も付いていると伝えたら、そこから一言も話さなくなりましたから」

浜中が横から口を出す。

鶴磨は浜中を睨《にら》んだ。

邪魔するんじゃない！　心の中で怒鳴る。

自首してきた者たちの嫌疑も拭《ぬぐ》えないが、これまでの捜査からすると、間違いなく、中島の共犯者は橋爪、秋田、吉岡の三人だ。事実を知っているのは、中島しかいない。このような事態になったからには、真実を知る中島から自供を引き出すのが、手っ取り早く手柄を立てる唯一の方法だ。

「課長、こんな時こそ、原点に戻りましょう。中島氏が旧知の綾部一二三の敵《かたき》を取るため、今回の強盗事件を画策したことはほぼ間違いのない事実です。むろん、自首してきた者たちの調べも必要ですが、真実を知る中島氏を落とすことが、今は大事なことのように思えてならないのです、私には」

鶴磨は努めて落ち着いた口調で話す。

「私も磨さんに同意します」

すぐさま、静花が合いの手を入れた。脇《わき》で能見が苦笑する。

「わかりました。明日朝、手配をしましょう。他の者は、有賀、松沼、江木、弁護士の酒井の身辺を洗ってくれ。今日はもう遅い。自首した者の取り調べを担当している者以外は帰宅してくれ」

篠宮は言った。

浜中は鶴麿の肩に手を置き、顔を近づけた。

「これで中島を落とせたら、麿さんを尊敬しますよ」

小声で言って肩を叩《たた》き、他の捜査員と共に部屋を出た。

「本当に失礼なヤツだな」

鶴麿は肩を手で払い、浜中を睨みつけた。

「では、明日。課長も少しは休んでください」

鶴麿は会釈すると、背を向けてチョビ髭《ひげ》をさすりながらドア口へ歩いた。

「私も失礼します」

静花が当たり前のように付き従う。

「篠宮、いいのか？　御前を行かせて」

能見が小声で言う。

「いいも何も、今日の仕事は終わりましたから」

「余裕ぶってると、持ってかれるぞ。あの冴《さ》えないチョビ髭に」

能見は笑い、部屋を出る。

篠宮は鶴麿と静花の残像を見つめ、吐息をこぼした。

2

午前零時を回った頃、秋田は佐久間の部下に連れられ、佐久間のマンションに来た。

部下からは何も聞かされていない。ただ、緊急の用があると言われ、問答無用に連れ出された。

中へ入り、リビングへ通される。ナイトガウンを着て、ブランデーグラスを持った佐久間がソファーに座っていた。

「夜中にすみませんね、秋田さん」

「いえ……」

「まあ、どうぞ」

佐久間はテーブルを挟んで向かいの席を手で指した。

秋田はソファーに歩み寄り、浅く腰かけた。

「どうです？」

佐久間がグラスを持ち上げる。

「もう深夜だ。付き合ってくれませんか？」

「わかりました。一杯だけ」

秋田が言う。

佐久間は右人差し指を上げた。脇にいた黒スーツの部下がワゴンに伏せられたグラスを取り、テーブルに置く。佐久間はブランデーのキャップを開け、注《つ》いだ。秋田の前に差し出す。

秋田はグラスを取り、半分ほど口に含んだ。甘く濃厚な香りが鼻腔《びこう》を抜ける。ごくりと飲むと、喉《のど》が焼けそうな熱さを感じた。歯を噛《か》みしめ、空気を喉に流し、熱を冷ます。

「いい飲みっぷりですな。葉巻はいかがですか?」

テーブルに置かれた大理石のケースから葉巻を取り出し、秋田に差し出す。

「いや、いい」

「そうですか」

佐久間は先をカットし、葉巻を咥《くわ》え、ライターで先端を燻《いぶ》した。青白い煙が立ち上り、ほんのりと甘やかな匂《にお》いが部屋に漂う。

秋田はブランデーを飲み干し、グラスをテーブルに置いた。

「佐久間さん、何があったんですか?」

「橋爪君が逃げました」

佐久間は言い、口に含んだ煙を天井に向けて吐き出した。

秋田は目を見開いた。

「まさか……」

「それだけではありません。万が一のことがあってはと見張らせていた長尾も、警察に捕まってしまいました」

「見張らせていたのか！」

秋田が眉間に皺を立てる。

佐久間は涼しい顔で、煙を燻《くゆ》らせた。

「当然でしょう。私がせっかく身代わりを仕込んでいるのに、自首などされたら元も子もありませんからね。もちろん、あなた方が勝手な行動を起こさなければ、監視はすぐにでもやめるつもりでした。しかしまさか、逃げ出すとは」

呆《あき》れた様子で顔を小さく横に振る。

「橋爪はどこへ？」

「わかりません。一応、探させてはいるんですが、逮捕騒ぎにまでなって警察官がうろついているものでね。こっちも大っぴらには動けないんですよ」

「あいつ、なぜ……」

拳《こぶし》を握る。

「徒歩で逃げたということですから、そう遠くへは行っていないでしょう。それより困るのは、彼が警察に捕まり、真相を話してしまうことです。すでに、私の方で揃えた身代わりは出頭させました。弁護士も付けて、口裏を合わせる算段も整えています。しかし、彼が逮捕され、自白してしまえば、すべてがご破算。どころか、私まで危うくなる。そうなると、私も逃げなければならなくなりますからねえ」

「せっかく手配してもらったのに、申し訳ない」

秋田は頭を下げた。

「いやいや、秋田さんが悪いわけではありません。私たちを信用してくれなかった橋爪君が先走っただけのこと。あなたや温泉地にいる吉岡さんを責めるつもりは微塵《みじん》もないですよ」

佐久間は笑った。短くなった葉巻を吸い、火を灯《とも》す。顔を紫煙が覆い隠す。

「ただ——」

佐久間は身を乗り出した。葉巻を灰皿で揉《も》み消し、顔を上げる。

「こうなった以上、さっきも言った通り、私も身を隠すことを考えなければなりません。あなたと吉岡さんも同じです。ほとぼりが冷めるまで、国外へ出る方がいい」

「外国へ行けというのか？　冗談じゃない！」

「冗談じゃないのは、私の方ですよ。舌の根も乾かないうちに、勝手な真似《まね》をされて、国外逃亡を余儀なくされているのです。あなた方に手を貸したばかりにね」

佐久間は少し強い口調で言った。

秋田は喉元まで出かかった言葉を呑《の》み込んだ。

言い返せない。共謀はしているが、佐久間の言う通り、自分たちが話を持ち込まなければ、今夜のようなトラブルには遭わなかっただろう。

秋田は両手を握り締め、うつむいた。

佐久間はうっすらと笑みを浮かべた。

「しかしですね、秋田さん。私も、こちらで今受けている仕事を放《ほう》り出して逃げるわけにもいかないのですよ。あなたもご存じの通り、私は仕事で危ない橋を渡っている。依頼主もそれなりの筋の人間です。仕事を放棄して逃げれば、彼らに逃亡したとみなされる。警察に追われるより厄介です。わかっていただけますか？」

畳みかける。

秋田は頷くしかない。

「幸い、今受けている仕事は一件だけです。この仕事が終われば、しばらく国外へ出ても問題はない。そこでだ、秋田さん。この一件だけ、仕事を手伝っていただけませんか？」

佐久間が言った。

秋田は顔を上げた。睨みつける。

「あんた、やっぱり、俺たちを利用するつもりで――」

「言いがかりはよしてください。元はと言えば、あなたの仲間の橋爪君が逃げ出したことが原因だ。違いますか?」

佐久間が言う。

返す言葉はなく、うなだれるしかない。

「あなたと吉岡さんが手伝ってくれるなら、橋爪君の件は不問に付すつもりです。もちろん、あなた方にも逃亡先と逃亡資金を提供します。お互いの利になることですからね」

「待ってくれ。やっさんは巻き込みたくねえ。俺一人でやる」

「私はそれでもかまいません。ただ、失敗は許されない仕事です。あなたが失敗すれば、私としても吉岡さんを処分して、逃亡するしかなくなる」

「やっさんを殺させやしねえ」

秋田は佐久間を睨みつけた。

佐久間は微笑《ほほえ》み、さらりと流した。

「なら、きっちりと仕事をしていただきたい。私は、仕事さえしてくれれば、それでいいですから。やっていただけますね?」

佐久間が秋田を正視した。秋田も見返す。

「わかった。そのかわり、やっさんや孝行には手を出すな」

「何度も言いますが、私は仕事さえきっちりこなしてくれれば、それでいいのです」

佐久間は片笑みを浮かべる。

「何をすればいいんだ？」

「ある場所にあるダイヤを盗んできていただきたい」

佐久間は言い、秋田を見据えた。

3

鶴磨は午前七時に出勤した。篠宮は泊まり込んだようで、いつもの精悍《せいかん》さはなく、スーツも多少くたびれていた。

「おはようございます」

「早いですね」

篠宮が愛想笑いを見せる。

「みんながんばっているのに、私だけ家でゆっくりしているわけにはいかないですからね」

胸を張り、チョビ髭を指先で整える。

「自首してきた者たちの調べは進みましたか？」

「進展はないですね。自首してきた際の供述以上のものは出てきません」

「口裏を合わせているんですかね？」

「そうとも取れますね。ただ、供述内容に取り立てて齟齬《そご》はない上に、防犯カメラに映っていた犯人たちの風体とも酷似《こくじ》しています。今後の供述次第になるとは思いますが、犯人しか知り得ない事実が出てくれば、厄介なことになりそうですね」

篠宮は机に置いた両手を握り、息を吐いた。

刑事部屋のドアが開く。

「あ、磨さん！　おはようございます！」

静花の声だった。

篠宮のデスクの前にいる鶴磨に駆け寄る。

「磨さん、早いですね」

「中島氏の話を聞く前に、いろいろと準備をしておく必要があるからな。刑事として、当然の行動をしたまでだ」

「さすがです」

静花はうっとりと微笑む。

「御前、おはよう」

「おはようございます、課長」

篠宮を一瞥《いちべつ》し、すぐ鶴磨に目を戻す。

篠宮はうつむき、小さく顔を振った。

「君はなぜ、こんなに早いんだ？」

鶴磨が訊く。

「昨日、橋爪のマンション駐車場で捕まえた男のことが気になって、所轄に問い合わせたら、供述が取れたというので、聞きに行っていました」

「いい心がけだ。で、どうだった？」

「はい」

静花は手帳を取り出した。篠宮も顔を起こした。

「長尾祐也、三十五歳。過去に覚醒剤《かくせいざい》所持、使用の罪で三度逮捕されています」

「やはり、依存者だったか……」

鶴磨は昨夜のことを思い出し、小さく震えた。

「犯行時、覚醒剤を使っていたのか？」

篠宮が訊く。

「いえ、薬物検査をしたところ、覚醒剤反応は出ませんでした。ただ、車の中からは危険ドラッグと思われるハーブの包みが発見されました。犯行時、おそらくそれを使用していたものと思われます」

「その長尾という男は、なぜ橋爪を見張っていたんだ？」

鶴磨が訊く。

「借金の取り立てだと供述しています。所轄の捜査員の調べでは、橋爪は複数の消費者金融に借金をしていました」

「そのうちの一社の取り立てで来たということか？」

「はい。借用証も持っていました」

「宝福の事案とは関係ないということか……」

鶴磨が腕を組む。

「それがですね。二点、気になる情報があります」

「なんだ？」

篠宮が静花を見た。

「まず、橋爪の借金状況を調べたところ、百二十万円ほど借金を抱えていたようなんですが、そのうちの百万円をつい先日まとめて返していました」

「百万も一括で払ったのか？」

「はい。しかし、橋爪の給与の状況を調べてみた限り、それほどの大金を用意できる算段はありません。何らかの臨時収入があったと思われます」

「ボーナスとか？」

鶴磨が言う。

「いえ、賞与の事実はありません」

「臭うな……」

鶴磨はそれらしいことをつぶやき、宙を見据えた。

静花は頷き、話を続ける。

「もう一点ですが、長尾は以前、秋田源次が経営していたリフォーム会社に在籍していたことが確認されました」

「秋田？　あの秋田か？」

「はい」

静花は鶴磨の顔を見て、首肯《しゅこう》した。

「どういうことだ……？」

鶴磨は組んだ腕に力を込め、首を大きく傾《かし》げた。

「長尾祐也の現在の仕事は、債権回収業だけか？」

篠宮が訊いた。

「今、所轄の捜査員が調べているところですが、複数の仕事に就いていたようです」

「気になるな……。御前、中島の聴取は磨さんに任せて、君は長尾祐也の身辺を探ってくれないか？」

「わかりました。磨さん、よろしくお願いします」

「君に言われるまでもない」

「すみません、出過ぎたことを言いました。行ってきます」

静花は部屋を駆け出た。

「まったく。私と一緒にいて、自分も一人前になった気分でいる。性根を鍛え直さなきゃならんですな、課長」

「そうですね……」

篠宮は苦笑した。

「中島の聴取、誰か他の者をつけましょうか？」

「いやいや、私一人で十分です。話を聞くだけですから」

「そうですか。では、八時から第二取調室を用意していますので、お願いします」

「任せてください、この三木本鶴麿に」

鶴麿は鼻息でチョビ髭を揺らし、部屋を出ようとする。

ドア口で浜中と出くわした。

「おお、磨さん！　早いですね」

「君が遅いのだ！　しっかりせんか！」

「すみません……」

浜中は道を開け、第二取調室へ向かう鶴麿を見送った。

篠宮のデスクに歩み寄る。

「磨さん、気合入ってますね。大丈夫ですか?」

浜中がドア口に目を向けたまま訊く。

「まあ、中島からは何も出てこないだろうな」

「あ、また体よく一線から外したということですか?」

浜中がニヤニヤする。

「邪推《じやすい》だ。それより、御前の情報で、昨日橋爪のマンション敷地内で逮捕された男が、過去、中島と関係のある秋田源次の会社に勤めていたことがわかった。君は、秋田源次の身辺を重点的に調べてくれ」

「それはそれは。面白いものが出てきそうですね。では、早速」

浜中は自席に座ることなく、部屋を出た。

篠宮は全員を送り出すと、椅子《いす》の背に深くもたれ、天井を仰いだ。

4

橋爪はJR東京駅から東海道本線に乗り、西へ向かっていた。

あてはない。ただ、目についた電車に乗っただけだ。窓枠にもたれかかり、朝日に煌《きら》めく海をぼんやりと眺めていた。

マンションの駐車場から逃げ出した後、東京駅まで歩き、近くの公園のベンチに座って、身を潜めていた。始発で動くつもりだったが、いつの間にか寝ていて、電車に乗ったのは六時半頃だった。

電車が動き出したときは、佐久間の手から逃れられる安堵《あんど》感に満たされた。

しかし、三十分もしないうちに、罪悪感が襲ってきた。

自分のことだけを考えて逃げた。が、はたして、自分が逃げ出したことを知った佐久間が、秋田と吉岡を放っておくだろうか？

秋田は、佐久間の手下に襲われても抵抗できるだろう。だが、吉岡はどう考えても無理だ。今も、伊豆のどこかの温泉地に湯治という名目で軟禁されている。

もし、自分が逃げだしたことに怒った佐久間が、吉岡に制裁を加える命令を出したら……。

橋爪は頭《かぶり》を振った。

大丈夫だと言い聞かせる。が、その先から不安が込み上げる。

もし、秋田と吉岡に何かがあったら……。

橋爪はリュックを胸元に抱え、抱き締めた。

秋田も吉岡も、留置場にいる中島も、自分を守ってくれようとした人たちだ。

生きていても何一ついいことのない自分を拾い上げてくれようとした人たちだ。

そんな人たちを裏切って、一人で生き延びようとする自分は何なんだ？

こんな調子だから、何もかもが上手《うま》くいかなかったんじゃないのか？

堅く目を閉じる。

何も考えないようにしようとしても、次から次に自責の念が込み上げてくる。

いいのか……これでいいのか？

橋爪はリュックが歪《ゆが》むほど強く抱き締めた。

車内アナウンスが流れてきた。

《まもなく終点、熱海《あたみ》。熱海です。熱海から先へお越しの方は、三番線発の沼津、静岡方面行きの電車にお乗り換えください。まもなく、熱海、熱海》

「熱海……」

橋爪は顔を上げた。

そういえば、吉岡は伊豆のどこかの温泉地に軟禁されている。せめて、吉岡だけでも彼らの監視下から助け出したい。吉岡まで自由になったと知れば、秋田も佐久間たちの許《もと》から逃げ出すかもしれない。その後、どこかで合流し、また三人で今後について考えればいい。

「そうだ……」

橋爪は体を起こした。

「みんなして、逃げてしまえばいいんだ」

ブレーキがかかり、車輪が金切り音を上げる。速度が徐々に落ちていく。

そして、電車は停《と》まった。

「吉岡さんを探そう」

橋爪は自分に言い聞かせ、立ち上がり、リュックを背負った。

5

午前八時を回った頃、第二取調室に中島茂春が入ってきた。同行した警察官が中島の手錠を外し、奥の席へ促す。

中島が座った。ドア側の席に座っていた鶴磨と向き合う。

「ご無沙汰《ぶさた》です、中島さん」

中島に笑みを向ける。

取り調べ続きで、多少痩《や》せてはいたが、顔色は悪くなかった。落ち着き払った様子は、初めて会ったときと変わらない。

「今日は私が取り調べをさせていただきます。取り調べといっても、私はただ、中島さんと話をしたいだけなんですけどね。中島さんも連日の聴取でお疲れでしょうから、今日は骨休めだと思って、リラックスしてください。ただ、仕事はしなければなりませんので、先に事実確認だけはさせていただきますよ」

鶴磨が言う。

中島は微笑み、頷いた。

鶴磨は手元に用意していた、捜査資料をまとめたクリアファイルを開いた。

「昨日、中島さんと犯行に及んだ三名の男性が自首してきました。そのことはご存じですね？」

「はい……」

「確認をお願いします。有賀邦彦《くにひこ》、松沼正治《まさはる》、江木紀生《のりお》」

名前を言いながら、三枚の写真を並べる。

「この三名で間違いありませんね？」

「はい」

「もう一つ。宝福南青山店の店長、花田喜一を殺害したのは自分だと、この江木が自供しているのですが、間違いありませんね？」

鶴磨は言いながら、江木の写真を指そうとした。

が、どれが江木だったか、忘れてしまった。

どれだったかな……。記録係の制服警官が鶴磨の手元と顔を交互に見ていた。

鶴磨は焦り、迷ったあげく、松沼の写真を中島の前に差し出した。

「はい、間違いありません」

中島は松沼の写真を見ながら頷いた。

合ってたか……。

鶴磨は内心ホッとしたが、ポーカーフェイスを気取って、話を続けた。

「ありがとうございます。それと、酒井という弁護士が付いたこともご存じですか？　この方は、この有賀が依頼したそうですが」

そう言って、江木の写真を差し出す。

「有賀が依頼したということで間違いないですか？」

「はい。酒井という方にはまだお会いしていませんが、何かあれば、有賀君が弁護士を手配すると言っていましたので」

「そうですか。ありがとうございます」

鶴磨は写真をしまった。

「この三人とは、裏仕事のえーと……」

掲示板だったか、SNSだったか、頭の中でごちゃごちゃになる。

いろんな言葉を思い出すが、どれもしっくりこない。

また、記録係の警官がじっと鶴磨を見つめている。

鶴磨は手元のファイルをめくりながら、答えを探した。目に入る。

おお、これだ！

「あなたが裏仕事のPDFで募集をかけ、応募してきた中から選んだそうですが、間違いないですね？」

鶴磨が問う。

中島が唇を結んだ。

違ったか？　胸の内で大汗をかく。が、まもなく中島が口を開いた。

「間違いありません」

「そうですか。よかった」

鶴磨はホッとして目元を綻《ほころ》ばせた。

クリアファイルを閉じる。

「確認は以上です」

「もういいのですか？」

「ええ。あとは雑談でもしておきましょう」

鶴磨は言い、たわいもない話を始めた。

二時間ほど取り調べを進め、いったん休憩を取ることにした。

鶴磨は中島に挨拶《あいさつ》をし、取調室を出た。廊下に出て、両腕を突き上げ、伸びをする。そのまま刑事部屋に戻った。メーカーで作り置いているコーヒーをカップに入れ、自席へ戻る。

篠宮が鶴磨を認め、近づいてきた。

「お疲れさんです。どうですか、中島氏は？」

「特に、目新しいことは出てきませんでした」

「そうですか」

「まだ午後もありますから、ゆっくりと聞き出しますよ」

コーヒーを口に含む。が、熱くて少し噴き出した。あわててティッシュを取り、滴を拭う。

と、記録係をしていた制服警官が刑事部屋に入ってきた。

「失礼します」

鶴磨に駆け寄る。

「おお、ご苦労さん。二十分後に再開するから、君も一服してくれ」

「磨さん、勉強になりました」

制服警官は深々と頭を下げた。

「どうした？」

篠宮が訊く。

「磨さんの聴取、見事としか言いようがありませんでした！」

昂《たか》ぶって、頬《ほお》が紅潮している。

「いや……そうか？」

鶴磨は苦笑いをした。

事実確認をしただけだ。それからは雑談しかしていない。見事な手は見せていないが……。

多少困惑していると、制服警官が嬉々《きき》として話しだした。

「篠宮課長。自首してきた三人と中島は面識がありませんよ」

「なぜだ？」

篠宮が訊く。鶴磨も驚いた。

「磨さんは昨日自首してきた三人の写真を見せながら、中島に顔と名前を確認したのですが、わざと写真に写っているのとは別人の名前を口にして、間違いないかと聞いたんです。すると、中島は写真の人物と名前が違っていたにもかかわらず、それに気づかず、間違いないと返事をしていました」

制服警官が言う。

間違っていたのか！　顔から火が出そうだったが、鶴磨はコーヒーを含んで、驚きを飲み込んだ。

「さらに、裏仕事の掲示板、あるいはSNSというところを、わざとPDFと言い間違え、中島に問うたのですが、これも間違いないと答えました。つまり、中島はパソコンに詳しくないということです。中島がネットで仲間を募ったという供述も作り話ということになりますね」

「なるほど……」

篠宮は怪訝《けげん》そうな目を鶴磨に向けた。

鶴磨はコーヒーを飲み込み、咳払《せきばら》いをした。カップをデスクに置いて、上体を起こし胸を張る。

「気づいたのか、君は」

制服警官を見て、チョビ髭をさすった。

「はい。初めは、本当に間違っているのかと思いましたが、途中から、わざとだと気づきました。あまりに自然なので、私まで騙《だま》されそうでした」

「身内も騙せないようなら、警戒している被疑者に気づかれる。あくまでも自然に。君も取り調べを担当するときは、心しておきなさい」

「はい。では、取調室でお待ちしています」

制服警官は深々と腰を折り、刑事部屋を出た。

「磨さん、毎度のことながら見事ですね」

「皆より、多少経験が豊富なだけですよ」

余裕を見せてコーヒーを飲み干し、立ち上がった。

「では、私も聴取に戻ります」

鶴磨は背が反るほど胸を張って、部屋を出た。

「あの人、本当はできる人なのか……?」

篠宮は鶴磨の背を見つめ、当惑した。

6

秋田は、明け方に佐久間のマンションから自宅マンションへ戻ってきていた。

佐久間から依頼されたのは、淀川瑛二《よどがわえいじ》という成城《せいじょう》に住む資産家の家からピンクダイヤを盗み出すことだった。

テーブルには、佐久間から渡された現物の写真と淀川邸の見取り図が置かれている。ダイヤはティアドロップ型のネックレスで、ほんのりと全体を染める桜色が何とも目映《まばゆ》い宝石だった。

佐久間の部下に自宅へ送り届けてもらう際、淀川邸の外観を見てきた。林に囲まれた洋風の豪邸だった。一見したところでは、勝手口は昔ながらのもので、秋田のように建築の知識があれば、侵入するのは難しくなさそうだ。

当然、警備システムは完備しているだろうが、赤外線センサーであれば、突破もできる。万が一、警報装置が働いたとしても、五分以内に仕事を済ませれば、逃走は可能だろうと判断した。

佐久間は一週間以内に仕事をしてほしいと言った。

成否に関係なく、指定された期日内には動かなければならない。

それはかまわない。ここまで来れば、逃げても仕方がない。たとえ捕まろうと、自分たちが蒔《ま》いた種。どんな形であれ、カタを付けるしかない。

問題は、吉岡のことだ。

もし、自分が失敗すれば、佐久間たちは口封じのため、吉岡に危害を加える。今、逃げている橋爪も捕らえられれば、同じ道を辿《たど》るだろう。

吉岡の居所は、それとなく探り出した。佐久間にも吉岡の解放をやんわりと促してみたが、けんもほろろにかわされた。彼らも秋田を信用して、手駒《てごま》を離すほど馬鹿じゃない。

事を行なう前に、吉岡を助け出すか……。

リスクは高いが、懸念材料がない方が思いきり仕事ができる。

しかし……。

橋爪は佐久間の手下や長尾に見張られていた。今、表に不審な様子は見られないが、おそらく、橋爪が逃げたこともあって、秋田にバレないような場所で動向を探っているに違いない。

彼らの手から逃れて吉岡を助け出すのは、ハードルが高い。

「どうしたものか……」

秋田はテーブルの写真と見取り図を見やり、ため息を吐いた。

と、突然、携帯が鳴った。

「また、佐久間か？」

手に取り、二つ折りの携帯を開く。非通知だった。

誰だ？

怪訝そうに眉根を寄せ、電話に出る。

「もしもし……」

――秋田さん。

若い男の声だ。

「孝行か！」

秋田は携帯を強く握った。

——すみません、一人逃げてしまって……。

「かまわん。無事か？」

——はい、大丈夫です。

「よかった」

秋田は深く安堵《あんど》の息をこぼした。

「どこにいるんだ？」

——三島にいます。

「三島？」

秋田が思わず聞き返す。

——一人で逃げようと思ったんですけど、やっぱり、秋田さんや吉岡さんのことが気になって。秋田さんは逃げようと思えば逃げられるでしょうけど、吉岡さんは無理でしょう。だからせめて、吉岡さんだけでも助け出そうと思って。

「伊豆に行くつもりか？」

——はい。でも、居場所がわからないんで、秋田さんの携帯番号を敬老館の事務所で聞いて、電話したんです。ひょっとしたら、手がかりがあるかもしれないと思って。

「よく電話してきてくれた！」

秋田は背筋を伸ばして太腿《ふともも》を打ち、強く鼻息を吐いた。

「やっさんは、伊豆長岡の旅館にいる」

――本当ですか！

橋爪の声が昂ぶり、上擦った。

「俺はそう聞いた。真偽はわからんが、今はそれを信じるしかあるまい。孝行。おまえ、やっさんを助け出してくれるか？」

――そのつもりです。

橋爪が答える。語気は力強い。

秋田は携帯を握ったまま、頷いた。

――秋田さんは？

「俺はしなきゃならんことがある。それを片づけたら、俺も逃げるよ」

――大丈夫ですか？

「心配するな。それより今は、やっさんだ。助け出して、どこかに隠れたらすぐに連絡をくれ」

――わかりました。必ず、助け出します。

橋爪は言い、電話を切った。

「頼むぞ、孝行……」

秋田は握った携帯を見つめた。

7

電話を切った橋爪は、伊豆箱根鉄道駿豆線に乗り、伊豆長岡駅に降り立った。

すぐさまタクシーに乗り込み、行き先を告げる。五分ほどで、目的の宿へ向かう坂の下にある丁字路まで来た。民家に挟まれた丁字路の上り坂の突き当たりに旅館がある。

「すみません。このへんで、ちょっと待っていてもらえますか？」

橋爪が言う。

「どのくらい？」

運転手が訊いた。

「十分……いや、二、三十分かかるかもしれないです」

「困るなあ。貸し切りにしてくれるなら、いいけど」

「わかりました。貸し切りでお願いします。荷物も置いていきますし」

橋爪は話しながらリュックを開け、三枚の一万円札を取り出した。

「これ、渡しておきます。足りなければ、あとでまた払いますので」

運転手に差し出す。

運転手の頬《ほお》が綻《ほころ》んだ。三万円を受け取る。

「まあ、そういうことなら、貸し切り扱いにしておくよ」

そう言い、後部ドアを開けた。

「ありがとうございます。なるべく早く戻ってきますので」

橋爪はそう伝え、車を降りた。

タクシーはドアを閉め、五十メートルほど先の路肩に寄って停《と》まった。

それを確かめ、丁字路の先に目を向け、ゆっくりと歩きだした。三十メートルほど進むと、右手に旅館が見えてきた。坂の奥は行き止まりになっていて、鬱蒼《うっそう》とした山肌に神社へ続く上り階段があるだけだった。

「袋小路の宿ということか……」

橋爪は電柱の陰に身を寄せ、旅館の入口を見た。

階段を上がったところにロビーがあるようだ。階段左手には廊下が延びていて、そちらは温泉施設となっている。右手に宿泊施設があった。見たところ、宿泊施設に入る入口は一つしかない。非常階段はあると思うが、目視できなかった。

佐久間関係らしき見張りの姿は見えない。少し歩を進め、建物を見上げる。四階建ての小ぢんまりとした建物だった。

「いるとすれば、最上階奥だろうな」

部屋を見上げる。

温泉施設への廊下の屋根に視線を走らせた。屋根の上を進めば、ロビーを通らず、客室へ入れる。

橋爪は神社の階段へ走った。元石切場だったのか、垂直に切られた岩盤が剝《む》き出しになっている。階段を上がった中段の踊り場右手に、故障して動かない車や建設資材が放置されていた。そこから、温泉施設の屋根に上がれる。

橋爪は足下を見回した。バールとロープを見つける。五、六メートルはありそうなロープを巻き取り、たすき掛けする。バールを手に、橋爪は屋根に上がった。

上体を低くし、足音を忍ばせ、宿泊施設へ向かう。

上階の窓が開いた。橋爪はギクッとして足を止めた。恐る恐る、上を見上げる。

吉岡だった。予想通り、四階左側奥の部屋にいた。

吉岡が口を開こうとする。

橋爪は鼻先に人差し指を立てた。手を振り、こっちを見ないよう指示する。吉岡は頷き、窓際に座りつつ、外に背を向けた。

屋根から四階の部屋までは五メートル程度ある。廊下にはおそらく見張りがいるだろう。吉岡の位置はわかった。館内に回るより、ここから直接救い出す方が成功確率は高い。

橋爪はロープを解き、バールの真ん中に先端を結びつけた。

勝負は一度。失敗すれば、二度はない。

立ち上がり、ロープを握った。時計回りに縦に回す。バールの重みで勢いが付き、ロープが高速で回り始める。吉岡の頭が見えている。その横の窓ガラスを狙《ねら》う。

橋爪はガラスを睨んだ。手のひらに重みが伝わる。

タイミングだ。橋爪は自分に言い聞かせる。

以前、敬老館の催しで、投網を経験したことがある。来館者を連れて行く前に、一通りの体験をしてきた。その時、指導をしてくれたベテラン漁師が網を放すタイミングを教えてくれた。

理想とする角度の少し手前で手を放す。すると、回転の勢いで思った通りの角度に網が広がり、狙ったポイントに網が落ちる。

投網の前に、重りの付いたロープで練習した。その時の感覚を思い出す。

少し手前、少し手前……。

逸《はや》る気持ちを抑え、ロープの回転を見る。縦にまっすぐ回っている。方向も吉岡のいる部屋の窓に向いている。

回転が速度を増す。バールとロープが空気を裂く音も聞こえる。

橋爪は、吉岡の部屋の窓を正視した。

行け！

胸の内で叫び、手放す。バールは一直線に吉岡の部屋の窓へ飛んだ。手のひらにロープがこすれ、摩擦熱で熱くなる。

橋爪はバールの行方を見つめた。

はたして、バールは窓ガラスを突き破った。破砕音があたりに轟《とどろ》く。

吉岡はビクッと肩を竦《すく》め、表を見た。

橋爪はロープを引っ張った。部屋へ入ったバールが引き戻される。畳を転がったバールが窓手すりの格子に引っかかった。

「吉岡さん！　それをつかんで降りてきて！」

橋爪が叫んだ。

「どうやって！」

吉岡が戸惑う。

「手に布を巻いて、滑るように！」

叫んでいると、吉岡の背後に人影が映った。

「何でもいいから、早く！」

声を張り上げる。

吉岡は一瞬、背後を向いた。椅子をつかみ、思いっきりガラスにぶつける。

椅子の木片とガラス片が飛散し、屋根に降り注いだ。吉岡は窓から身を乗り出した。スーツを着た男が吉岡を捕まえようと手を伸ばす。吉岡は素手でロープに飛びついた。

左手でつかみ、右腕を振り上げる。かろうじて、右肘《みぎひじ》の裏がロープに引っかかった。服がこすれ、擦り切れる。

橋爪はロープを引いて、張った。吉岡は左手でロープをたぐり、降りてくる。

橋爪は吉岡の様子を見た。しかし、痛みもかまわず、必死に下った。

目の端に、スーツ男が部屋の奥へ消えていったのが映る。

「早く！」

橋爪が急《せ》かす。

吉岡は右肘裏をひっかけ、必死に左手をたぐった。もう少しというところで、吉岡の右腕が弛《ゆる》んだ。そのまま背中から屋根に落ちる。激痛が走る。

吉岡はしたたかに体を打ち、呻《うめ》いた。橋爪が駆け寄る。

「吉岡さん、大丈夫ですか！」

橋爪は吉岡の上体を抱き上げた。

「ああ、なんとか……」

吉岡は笑みを見せた。

「なぜ、ここへ来たんだ？」

「話は後です。ともかく、ここを脱出しなきゃ。動けますか？」

橋爪の言葉に頷き、吉岡は立ち上がった。

橋爪は吉岡を連れ、屋根の端に行った。

「飛び降りますよ」

橋爪が言う。吉岡は強く頷いた。

橋爪は吉岡の手を握った。吉岡が握り返す。

「せーの！」

橋爪の掛け声で、同時に跳んだ。

二人の体が宙を舞う。足から降りていく。吉岡の体が若干、後ろに傾く。橋爪は吉岡の腕を引き寄せた。

橋爪は両膝を曲げ、着地した。吉岡は着地と同時に尻餅《しりもち》をついた。尾てい骨を打ちつけ、顔をしかめる。

橋爪は吉岡の腕を引き、立たせようとした。その時、玄関への階段にスーツ男が現われた。猛然と二人に迫ってくる。

橋爪は周りを見た。看板下にピンポン球大の石が敷き詰められている。吉岡から離れ、看板下の石をつかむ。礫《つぶて》を男に向かって投げつけた。

男が怯《ひる》んで立ち止まった。橋爪はつかめるだけつかみ、休む間も与えず、礫を投げた。

男は両腕をクロスして顔の前に立てた。向かってこようとする。その腕の隙間《すきま》をすり抜けた大ぶりの石が男の口元を抉《えぐ》った。

男がよろけた。歯が砕け、血がしぶく。橋爪は男に駆け寄り、礫の塊を思いっきり投げつけた。複数の礫が男の頭部に降り注いだ。頭皮が裂ける。骨を打つ鈍い音が響く。男はたまらず、仰向《あおむ》けに倒れた。

橋爪は男の腹部を思いきり踏みつけた。

男は目を剝いて呻いた。血混じりの胃液を吐き出す。

一瞬、宝福を襲ったときのことを思いだした。殺してしまった店長の断末魔の表情と呻き声が鮮明に脳裏をよぎる。全身から血の気が引く。

「孝行君!」

吉岡が声をかけた。

橋爪は我に返った。振り向く。吉岡は立ち上がって、よろけながらも橋爪の元へ歩いてきた。橋爪は男の胸元をまさぐり、スマートフォンを奪った。吉岡に駆け寄り、腕をつかむ。

「タクシーを待たせてあります。急いで」

橋爪は吉岡を引きずるように坂を下っていった。

8

午後三時を回ったところ。鶴麿は、机に広げていた資料をクリアファイルへしまった。

「中島さん。今日はこのくらいで終えましょう」

「少し早いのでは？」

「朝にも申し上げましたが、連日の取り調べでお疲れでしょうから、今日は息抜きと思っていただければ」

鶴磨はチョビ髭を蓄えた口元に笑みを見せた。

席を立とうとする。と、ドアがノックされた。篠宮が顔を覗かせる。

「磨さん、ちょっと……」

篠宮は鶴磨を呼んだ。

「中島さん、もう少し待っていてください」

鶴磨は言い、取調室を出た。

ドアを閉め、少し取調室から離れる。

「中島はどうでしたか？」

「特別、何も出てきませんでした」

「先ほどの間違いをぶつけても、ですか？」

「いいえ。間違いを問い質《ただ》してはいません」

「どうしてです？」

「今、問い質しても、黙秘するか、言い訳に終始するかでしょう。それにもし、出頭してきた三人が秋田氏や吉岡氏の身代わりとして来たのであれば、こちらの手の内を明かすことになります。弁護士と接見して口裏を合わせられれば、突きどころを失います。今日のところは、スルーするのが一番かと」

鶴磨は落ち着いた口ぶりで言った。

本当は、間違いをガンガン攻めようと思っていた。しかし、出頭してきた三人が宝福の事件と無関係だという確証はない。無理に吐かせて、それが虚偽であれば、大きな失点となる。

今、静花や浜中、他の捜査員たちが、背後関係を調べている。それを確かめてから攻めても遅くはない。

「なるほど……」

篠宮は頷いてみせる。しかし、どこか疑うような素振りを覗かせる。

午前の取り調べがラッキーパンチだったことがバレているのか？　内心、どぎまぎしたがおくびにも出さず、話を切り替えた。

「で、課長。話があるのではないですか？」

「ああ、そうだ。逃亡した橋爪が、伊豆長岡に現われました」

「伊豆に？」

片眉《かたまゆ》を上げて聞き返す。

「ええ。当地の旅館で建造物を壊し、暴行を働いたようです」

「なぜ、そんなところに……」

鶴磨は腕組みをし、唸《うな》った。

「タクシーのドライバーによると、もう一人、老人を連れて、旅館から駆け戻ってきたそうです。橋爪はその老人を吉岡と呼んでいたそうです」

「つまり、橋爪がその旅館を訪れ、滞在していたと思われる吉岡氏を連れて逃亡した、というわけですか？」

「状況からみた限りでは、そういうことになりますね」

「暴行された者は？」

「それが、警官が来る前に姿を消したそうです。所轄に問い合わせましたが、台帳に書かれていた名前と住所はでたらめだったようですね。スーツ姿の屈強な男だったと、館主は話しています」

「スーツ姿ですか」

鶴磨は、長尾が橋爪のマンションを見張っていたことを思い出していた。

橋爪は長尾に見張られていた。吉岡がなぜ温泉地にいたのかはわからないが、そのスーツの男が秋田と繋《つな》がりのあった長尾と関《かか》わりがあるとも考えられる。彼らが、出頭してきた三人や弁護士と繋がっているとしたら……。

鶴磨の頭がスーパーコンピューター並みの速さで回転する。

これは一気に、巻き返せるかもしれない！

鶴磨は胸の奥でほくそ笑んだ。

「課長、少々変化球を使わせてもらってもよろしいですか？」

「何をするんです？」

篠宮が怪訝そうに訊く。

「たいしたことではありませんが、中島氏から供述を引き出せるかもしれない。任せてもらえませんか」

鶴磨は自信ありげに篠宮を見つめ、チョビ髭を揺らした。


三十分ほどして、鶴磨は取調室に戻った。

「すみませんね、中島さん」

「いえ」

中島は笑顔を返した。

「お帰りいただこうと思ったんですが、もう少し、お話ししたいことができまして。あと少しだけ、お付き合い願えますか？」

「はい……」

中島の笑みに不安がよぎる。

「たいした話ではないんです。個人的にお話ししたいことがあるだけですので。君」

鶴麿は記録係の制服警官を見やった。

「今日はもういいので、別室で供述をまとめてくれ」

「承知しました」

制服警官はパソコンをシャットダウンして、一礼すると、取調室を出た。

ドアが閉じ、二人きりになる。

「コーヒーでもいかがですか？」

鶴麿が訊く。

「いえ、結構です」

中島は言い、鶴麿を見つめた。

「お話というのは……」

「橋爪君が旅館を襲って吉岡さんを連れ出し、逃亡しています」

鶴麿はさらりと言った。

中島の顔が強張《こわば》った。これまでの落ち着き払った表情とは一変した。

「吉岡さんは、伊豆長岡の温泉旅館にいたそうです。ご存じでしたか？」

「いえ……」

「なぜ、吉岡さんは温泉旅館にいたのでしょう？」

「さあ……。やっちゃん……吉岡さんは、いつも湯治に行きたいと言っていたので、そうしたのではないでしょうか」

中島が答える。しかし、余裕はなく、うつむけた双眸《そうぼう》の中で黒目が揺れていた。

「橋爪君は、吉岡さんといたと思われる男性に暴行を加えたそうです。その上で、吉岡さんを連れ去っている。尋常ならざる事態ですな」

鶴磨は言い、中島の様子を見た。

中島は机に組んだ両手を置き、見つめていた。指をもぞもぞと動かし、落ち着かない。動揺がはっきりと見て取れた。

「今回の中島さんの件には関係のないことでしょうが、私も捜査を通して、橋爪君や秋田さんを知っていますのでね。少々気になりまして、中島さんなら何かご存じではないかと思い、お話しさせていただいています。橋爪君が吉岡さんを連れ去る理由として、何か心当たりはありませんか？」

「特には……」

中島が口ごもる。

「暴行を受けたのは体格のいい男性だったとの報告があります。吉岡さんと湯治に出かけるとすれば、秋田さんだったかもしれませんね。もし秋田さんに暴行を加えてまで、吉岡さんを連れ出したとなると、ますますただ事ではない」

少しずつ、中島を追い込む。

橋爪が暴行した者が秋田でないことは確認した。しかし、鶴麿はわざとそう伝えた。

「中島さんの身辺調査をしているとき、たまたま小耳に挟んだのですが、橋爪君には借金があったそうですね。ご存じでしたか？」

「いえ……」

「これは私の推測ですが、橋爪君は吉岡さんから金を借りていたのではないでしょうか。その返済を迫られ、立腹して、吉岡さんをさらった。もしそうであれば、吉岡さんの身に危険が及ぶかもしれませんな。金に追い込まれた者は、常識では測れない短絡的行動を起こしますから」

中島の不安を煽《あお》る。

中島は落ち着きなく、何度も何度も指を握り返していた。

「橋爪君は感じの良い青年です。できれば、犯罪に手を染めてしまう前に止めてあげたいのですが。中島さんが何もご存じないのであれば、仕方ありません。こちらで探すことにします。お引き留めして、申し訳ありませんでした」

鶴麿が腰を浮かせた。

「あ……あの！」

中島が呼び止める。

「何か、思い出されましたか？」

「あの……秋田さんは大丈夫なんでしょうか？」

「暴行を受けたのが秋田さんとは確認されていません。ご心配ですか？」

「ええ、まあ……」

「そうでしょうね。中島さんが友達思いなのは存じています」

鶴磨はポケットから白い携帯電話を取り出した。多少年季が入っていて、端々の塗装が剝げている。それを中島の前に差し出した。

中島は目を丸くした。

「これは……」

「あなたの携帯です」

「いいんですか？」

中島は携帯を手にした。

「ご心配でしょう。お好きに連絡を取ってください」

「なぜ……？」

困惑していた。

鶴磨は口角を上げ、目を細めた。

「むろん、ただ中島さんの気持ちを察しただけではありません。どなたかに連絡が付いて、詳細がわかったら、私に教えていただきたい。私の務めは、犯罪者を検挙すること以外に、犯罪を未然に防ぐという面もありますから」

鶴磨は立ち上がった。

「二十分ほど、デスクワークをしてきます。連絡を取るなら、その間に。ここからは出ないでください。私も、中島さんに携帯を預けたことがバレると、立場上、困りますからな」

そう言って笑い、取調室を出た。

刑事部屋に戻る。すぐさま、篠宮のデスクに歩み寄った。隣のデスクでは、中島の携帯番号を追跡するサイバー班の警察官が待機していた。

「仕込みをしてきました」

「本当に中島は誰かに連絡を取るでしょうか?」

「中島氏のことを一番理解しているのは、この私です。必ず、連絡を取ります」

鶴磨は言い切った。

内心、気が気でなかった。中島が警戒して連絡を取らなければ、徒労に終わる。そうなれば、わざわざ保管係にまで話を通した篠宮の顔を潰《つぶ》すことになる。

とはいえ、ここで動かなければ、手柄を誰かに持っていかれそうだ。一か八かの勝負をするならここだと踏んだ。

「中島氏の通話を一言一句逃さないように」

鶴麿はサイバー班の警察官に強く言うと、自席へ戻り、チョビ髭を指の腹でさすった。


中島は、手元の携帯を見つめていた。

鶴麿が策を弄《ろう》する小ずるい刑事には見えない。橋爪の話を聞いて、心配すると思い、気を利かせてくれたのだろうと思う。

が、すべてが作り話で、わざと連絡させようとしている可能性もある。当然、通話内容は盗聴されているだろう。

沈黙を貫くべき――。

言い聞かせる。

しかし、もし鶴麿の言っていることが本当ならば……。

確かに、橋爪には借金があった。吉岡から借りているとは聞いていないが、内緒で借りていることも考えられる。

すでに盗品は換金しているだろう。もしも、伊豆長岡の温泉旅館でその金を巡ってトラブルとなったなら……。

考えられない話ではない。

橋爪は、人を殺してしまっている。中島も含めた三人とは、メンタルも違うだろう。それに、自首してきたという三人のことも気になる。弁護士も付いたが、身代わりや弁護士はどうやって手配したのか。

自分が箱の中に入っている間、何かが起こっているのは間違いない。

中島は深く目を閉じた。携帯を握り締める。しばらく、葛藤《かっとう》する。が、長考している時間もない。

中島は目を開け、大きく息を吐くと、二つ折りの携帯電話を開いた。

第5章

1

静かな部屋に携帯電話の呼び出し音が響いた。

秋田はすぐさま、携帯をつかんだ。すぐに開いて、繫《つな》ぐ。

「もしもし、孝行か！」

問いかける。

返事がない。

「もしもし、どうした！」

――源さんか？

老齢のものとおぼしき声が聞こえる。

秋田は目を見開いた。

「その声は……シゲさんか！」

携帯を離して、ディスプレイを見る。〝中島〟と表示されている。

「どこからかけているんだ？」

——警察署の取調室からだよ。

中島が言う。

驚いた秋田の眉《まゆ》が上がる。

「シゲさん、あんた、もしかして……」

——いやいや、そういうことではないから安心してくれ。それより、橋爪君や吉岡さんに何かあったのかな？

「なぜ、それを？」

——取り調べ担当の刑事さんから聞かされたんだ。その刑事さんから、少しの時間だけ、この携帯を使うことを許された。刑事さんは近くにいない……が。

中島は、「が」という部分をわざと間を置いて言った。

盗聴されているということだろうな。秋田は手元を睨《にら》み、頷《うなず》いた。

——何でも、吉岡さんが湯治に出ている旅館で橋爪君が暴行を働き、吉岡さんを連れ去ったということだったんだが。本当のことかな？

「それは初耳だなあ」

秋田はとぼけた。

「やっさんが湯治に出かけているのは知っていたが、孝行がそこに行ったのは知らなかったよ」

――橋爪君には会ったか？

「いや、ここ何日か、会ってないな。敬老館の仕事も休んでいるし。みんな、心配しているところだよ」

――そうか。何でも、争いになった時に殴られたのが、あんたじゃないかという話もあったんだが。

「よしてくれよ。今、こうして話しているんだし、そもそも俺は東京のマンションにいる。伊豆くんだりで殴られるわけがない」

そう言い、わざわざ笑って聞かせた。

――橋爪君が吉岡さんから金を借りていたんじゃないかという話もあるんだが。

中島は淡々と話を続ける。

秋田はその言葉を頭に留める。中島は、警察の捜査がどこまで進んでいるのか、秋田に伝えているのだ。

「やっさんに借金？　それはないと思うがなあ。やっさんもそんなに持っているわけがないし、そもそも孝行がなぜ、金を借りなきゃならないんだ？」

――そうだよね。私もおかしいと思ったんだ。

中島も演技をする。

「孝行ややっさんに何かあっても、俺がなんとかするから、心配しないでくれ。それよりシゲさん、俺からも訊《き》いていいか？」

——何かな？

「あんた、強盗事件を起こしたというのは、本当なのかい？」

——ああ……。

「本当なのか……。刑事さんから聞いて、ぶったまげたんだ。それにしても、なんで相談してくれなかったんだ！」

——すまない。しかしこれは、源さんたちには関係のない話なんでな。巻き込むのは悪いと思って。

「水くせえなあ。言ってくれれば、そんなことはさせなかったのに」

——心配かけて本当に申し訳ない。でも、悪いことはできないものだな。私に協力してくれた者たちも捕まった。彼らの人生まで狂わせてしまったことを、今さらながら猛省している よ。幸い、弁護士さんがついてくれたから、悪いことにはならないと思うが。

「それはよかった。きっと、これまでのシゲさんの行ないを知って、神様が手配してくれたんだ。してしまったことは仕方ねえ。しっかり裁きを受けて、出てきなよ。俺たちは待ってるからさ」

――ああ、ありがとう。必ず、みんなの元に戻るよ。

「楽しみに待ってる。あー、もう一度。孝行とやっさんのことは、俺が調べて何とかするから、心配しないでくれ。体に気をつけてな」

――ありがとう。じゃあ。

中島は言い、電話を切った。

秋田は携帯を折り畳んだ。

「孝行、やっさんを助け出したんだな」

天井を見上げ、ホッと息をつく。

橋爪からはまだ連絡がなく、心配していたところだった。まさか、勾留《こうりゅう》中の中島から知らされるとは思ってもいなかったが、佐久間に捕まったのなら、向こうから何らかのコンタクトがあるはずだ。

それがないということは、まだ逃げ延びているとみていい。

一方で、警察が思いのほか、自分たちに疑いの目を向けていることが、中島の連絡でわかった。

時間はなさそうだ。

孝行から連絡が来たら、すぐ仕事を済ませよう。

秋田は肚《はら》を固めた。

2

刑事部屋では、篠宮とサイバー班の警察官、鶴磨が顔を突き合わせていた。

通話内容を何度も聞き返す。

「どう思います、磨さん」

篠宮が訊く。

「うーむ……」

鶴磨は腕組みをし、チョビ髭《ひげ》を何度も摘《つま》んだ。

中島は、まずは橋爪に、次は吉岡の番号に連絡を入れた。しかし、二人は出なかった。

最後に秋田の番号に連絡を入れた。

秋田が電話に出て、会話が始まった。だが、会話内容は鶴磨が予期していたものとは違い、中島が橋爪たちのことを心配し、秋田が中島のことを心配しているだけの内容だった。

もう少し、突っ込んだ会話が出ると思ったが……。

「秋田はシロですかね？」

「いや……」

鶴磨は何かあるようなふりをして、断言を避けた。

ただ、中島に秋田の安否を確認させただけでは、この作戦は失敗だ。むしろ、いたずらに被疑者の外部連絡を許可した首謀者として、批難されかねない。

何かないか、何か――。

鶴麿は、秋田と会ったときのことを全力で思い出していた。

あの時、静花が「秋田は何かを知っている」と言っていた。何かはわからないが、静花の見立ては間違っていないだろうと感じた。

会話を思い出す。組んだ腕に力がこもり、形相が険しくなる。結んだ口元に力が入りすぎ、チョビ髭がふるふると震えた。

「もう一度、流してくれるか」

鶴麿が言う。

サイバー班の警察官が録音した会話を再生する。鶴麿は会話を聞きながら、頭をフルに回した。

湯治、という言葉が脳裏に飛び込んだ。

秋田は、吉岡は実家に寄った後すぐに、湯治に出かけていると言っていた。吉岡が温泉地へ行っていることを知っていることに不自然な点はない。

しかし、その後の言葉を聞いて、顔を上げた。

「止めてくれ！」

鶴磨が声を張る。

サイバー班の警察官があわてて再生を止める。

「どうしました、磨さん?」

篠宮が訊く。

「もう一度、今止めたところから十秒ほど巻き戻して、再生してもらえないか」

「承知しました」

警察官が言われた通りに戻し、再生ボタンを押した。

『そもそも俺は東京のマンションにいる。伊豆くんだりで殴られるわけがない』

そう言った後に、秋田が笑う。

鶴磨は目を開いて、昂《たか》ぶった様子で顔を紅潮させた。

これだ!

秋田は、吉岡が湯治に行っていたことは知っていたが、どこへ行ったのかは聞いていないと語っていた。中島から、橋爪が現われたのが伊豆だという話も出ていない。にもかかわらず、秋田は伊豆と断言した。

間違いない。秋田は、吉岡がどこにいるか知っていた。それを隠さなければならないということは、他にも隠さなければならないことがあるという証左でもある。

今しかない——。

鶴磨は立ち上がった。

「磨さん、どこへ？」

「中島氏から、供述を引き出してきます」

「何か不審な点でも？」

「はい。もう戻らなければならないので、細かいことはまた後ほど説明させていただきますが、おそらく、中島氏は話してくれると思います」

「磨さんがそう言うなら、お任せしますが」

「ありがとうございます。それと、秋田が動くかもしれません。秋田の携帯電波の捕捉《ほそく》、彼の携帯にかかってきた番号の捕捉と確認、あと捜査員の何名かを秋田のマンションに付けてもらえますか？」

「わかりました」

篠宮が言う。

鶴磨は強く頷き、刑事部屋を出た。

「磨さん、相当自信がありそうでしたね」

サイバー班の警察官が言う。

「そうだな……」

篠宮は鶴磨の行動がわからず、首を傾《かし》げた。

3

佐久間のマンションに、橋爪に倒された部下が戻ってきた。顔の傷が生々しい。部下は後ろ手を組み、うなだれている。

その男の前には樽沢が立っていた。男を睨《にら》みつけている。

「素人にしてやられるとはな」

右拳《みぎこぶし》を振る。

拳は男の左頬《ひだりほお》にめり込んだ。男の上体が揺らぐ。口から血塊が散った。

「すみません……」

「すみませんじゃねえよ」

今度は左拳を叩《たた》き込む。

男の上体が右に振れ、よろける。樽沢は男の胸ぐらをつかんだ。

「もういい」

佐久間が止めた。

樽沢は手を放した。男は口元を手の甲で拭《ぬぐ》い、再び後ろ手を組んで仁王立ちした。

「樽沢」

「はい」

樽沢は、佐久間の方に体を向けた。

「今晩、秋田を連れて、淀川のピンクダイヤを奪ってこい」

「佐久間さん、それは少々まずいのではないですか？　橋爪たちが騒ぎを起こしたすぐ後です。警察は当然、秋田をマークしていますよ。長尾も引っ張られています。ここはいったん、身を隠した方がいいのでは」

「ピンクダイヤの依頼主は、ややこしいヤツなんでな。こいつを処理しないことには、どこへ逃げても落ち着かない。手配は済ませておく。明日の朝六時までにカタを付けろ」

「長尾はどうするんです？」

「あいつはここでお払い箱だ。そもそもジャンキーは信用していない。酒井も退《ひ》かせる」

「身代わりになった連中共々、放置するということですか」

樽沢は片笑みを浮かべた。

「秋田への金はどうします？」

「現場で懐に尖《とが》った金物をくれてやれ」

佐久間は涼しい顔をして言った。

「わかりました」

樽沢の双眸《そうぼう》が鈍く光った。

4

陽《ひ》が西に傾いてきた頃、橋爪は吉岡を連れ、修善寺《しゅぜんじ》の宿にチェックインした。部屋付きのシャワーで汚れを落とし、吉岡の腕の傷や打ち身の手当てをし、ひと息つく。

「ありがとう」

吉岡は柔らかい笑みを覗《のぞ》かせた。座椅子《ざいす》にもたれ、茶を啜《すす》る。

「なぜ、わしの居場所がわかったんだ？」

「秋田さんに聞いたんです。そして、秋田さんから吉岡さんを助け出してほしいと頼まれました」

「そうか……。君は逃げたんじゃなかったのか？」

「そのつもりだったんですけど、吉岡さんを放《ほう》っておくのは忍びなくて」

「こんな年寄りは放っておいて、逃げればよかったのに。君は優しい青年だね」

「一度は自分のことだけを考えて逃げようとしました。本当に優しい人間なら、そんなことは考えないですよ」

「いや、心根が腐ってないからこそ、わしらの心配をしてくれたんだ。君にはずいぶん重いものを背負わせてしまったね。シゲさんに代わって、詫《わ》びるよ。この通りだ」

吉岡は両手を膝《ひざ》に置き、深々と頭を下げた。

「やめてください。僕も納得して協力したことですから」

橋爪は困惑した笑みを見せ、伊豆で男から奪ったスマートフォンを手に取った。

「秋田さんに連絡を入れますね」

画面をタップする。

「源さんもここへ来るのか？」

「いえ。しなければならないことがあると言っていました」

橋爪が言う。

吉岡は眉根を寄せた。

橋爪はメモしていた秋田の番号を入れ、通話ボタンをタップした。呼び出し音が鳴ってすぐ、電話が繋がった。

「もしもし」

――孝行か！

「はい。吉岡さんを助け出して、今、修善寺の温泉宿にいます」

――そうか、よかった。ありがとう。

電話口から、心底安堵《あんど》した様子の秋田の吐息が聞こえた。

橋爪の顔が綻《ほころ》ぶ。

と、後ろから手が伸びてきた。吉岡がスマートフォンをつかみ、耳に当てる。

「源さん、わしだ」

――やっさん。怪我《けが》はないか？

「大丈夫。それより、源さん。しなきゃならないこととは何だ？」

――たいしたことじゃない。

「だったらすぐ、わしらのところへ来やせんか。三人で逃げよう」

吉岡が畳みかける。

秋田は電話口で言葉を詰まらせた。

「やはり……。佐久間さんから何かを頼まれたんだな」

吉岡が言う。

橋爪は目を見開いて、吉岡を見つめた。

「怪しい連中だ。ただ、盗品の売買に協力するだけと思ってはいなかった。源さん、何を頼まれているのかは知らんが、今すぐ、わしらのところへおいで。これ以上、手を汚すことはない」

吉岡は強く言った。

やや間があり、秋田が口を開いた。

――やっさん、すまねえ。今回だけは、そういうわけにはいかねえんだ。

「金か？　金ならもういい。三人、新天地で静かに暮らそう」

――そうじゃねえんだよ……。

「わしらを守るために何かをするのだとしたら、それはやめてくれんか？　わしらのために、シゲさんが刑務所へ行った。源さんまで離れてしまうのだとしたら、何のためにあんな無謀な真似《まね》をしたのか、わからなくなる。どうしても行くというなら、わしはこれから、近くの交番に出向いて自首するよ」

吉岡が言う。

橋爪の顔が青ざめた。

「孝行君と源さんの罪は、わしとシゲさんがかぶる。君らは二人で、わしらの帰る場所を作っておいてくれ」

――待った、やっさん！　わかった！　わかったから、早まらないでくれ！

「じゃあ、今すぐ来てくれるか？」

――行くよ。行くから、絶対早まった真似はしないでくれ！

「わかったよ。けど、そんなには待てないからね。今ならまだ電車も動いているから、今晩中に来てくれ」

吉岡は言い、スマホを橋爪に渡した。

「孝行君。源さんにここの住所を教えてやってくれ」

「わかりました」

橋爪は電話を替わり、旅館名と住所、電話番号を伝え、電話を切った。

「今からすぐ出ると言っていました」

橋爪が言う。

吉岡は笑顔で頷いた。

「吉岡さん。本当に自首するつもりですか?」

「いや、身代わりも立っている今、そんなことをすれば、君たちにまで捜査の手が及んでしまう。それでは、せっかく一人で罪をかぶろうと決めて出頭したシゲさんの想いを無にすることになるからね」

「じゃあ、どうして……」

「これ以上、誰の手も黒く染めたくないんだ。宝福の件は、シゲさんの親友の無念を晴らすという大義があった。しかし、これから先の犯罪には大義がない。この一歩を踏み出せば、もう戻れなくなる。それはわしらの本意ではないだろう? だから、何が何でも止めるのだ」

吉岡は気負いなく、静かな口ぶりで言った。

橋爪はスマホを握り締め、うつむいた。唇を嚙《か》みしめる。吉岡は橋爪に寄り添い、肩をポンと叩いた。

「源さんが来たら、すぐにここを発《た》って、新天地を目指そう」

「はい……」

橋爪は頷き、洟《はな》を啜った。

5

「まったく、やっさんは！」

秋田は携帯電話を畳み、立ち上がった。

財布と携帯をズボンの後ろポケットに突っ込み、薄手のジャンパーをつかむ。テーブルに置いた旅館のメモを取り、ジャンパーのポケットにねじ込みながら、玄関へ出る。靴を突っかけ、ドアを押し開けた。

顔を上げ、出ようとした秋田は、ぎょっとして立ち止まった。

大きい影が立ち塞《ふさ》がっていた。

「どこへ行くんです？」

佐久間の部下、樽沢だった。

「どこへ行こうといいだろう。仕事は一週間以内に必ず済ませる。どけ」

右手のひらで相手の胸を押す。

樽沢は腕を押し返してきた。そのまま体ごと、秋田を押し込み玄関へ入る。

「いい加減にしろ。急ぐんだ」

もう一度押しのけようとした。

その時、樽沢が秋田の髪をつかんだ。頭を振る。額が秋田の鼻頭にめり込んだ。

秋田の鼻腔《びこう》から血がしぶいた。たまらずよろけ、後退する。

「何すんだ、てめえ！」

秋田は腹に響く怒号を放った。

樽沢は拳を固めた。問答無用に右ストレートを放つ。秋田はとっさに腕を顔の前でクロスし、ガードした。

拳が前腕の骨を打つ。強烈な衝撃に弾《はじ》き飛ばされ、秋田は背中から廊下に転がった。

樽沢は靴のまま上がってきた。秋田の鳩尾《みぞおち》を踏みつける。秋田は双眸《そうぼう》を剝《む》いて唸《うな》りを漏らし、横を向いて腹を押さえ、呻《うめ》き震えた。

樽沢は秋田の脇《わき》に屈《かが》み、携帯を取った。通話履歴を確認する。五分前に電話がかかってきている。秋田のジャンパーをまさぐる。ポケットに手を入れようとする。

秋田は抵抗しようとしたが樽沢は簡単に手を払い、ポケットの中にあったメモを取りだした。立ち上がって、メモを開く。

「修善寺か。橋爪と吉岡だな？」

樽沢は秋田の背中を蹴《け》った。

秋田は息を詰まらせた。返事はしない。

樽沢は自分のスマートフォンを出した。タップし、耳に当てる。

「何をする気だ」

秋田は樽沢の足をつかんだ。

樽沢は無視し、電話を続ける。

「もしもし、俺だ。すぐ、仲間を三、四人集めて、秋田のマンションに来い」

短く言い、電話を切る。

「孝行ややっさんに、何をするつもりだ」

「二人は俺たちが預かる。おまえは今晩、俺と共に淀川邸に押し入る」

「一週間以内と言っていただろう」

「予定変更だ。橋爪が馬鹿な真似をしでかしたんでな」

「俺が行かねえと、やっさんは警察へ駆け込むぞ。そうなりゃあ、盗みに入る入らないの話じゃなくなる。佐久間も追われることになる」

「おまえが行って、説得すればいい。ただし、俺たちも一緒だ。もし、橋爪と吉岡がこれ以上勝手な真似をするようなら、二人やおまえだけでなく、中島にも危害が及ぶぞ」

「シゲさんは箱の中だ。どうやって、手を出すってんだ？」

「できないと思うか？」

樽沢は片笑みを見せた。

秋田は息を呑《の》んだ。佐久間たちが関係している得体の知れないネットワークなら、それも可能かもしれない。

ドアが開いた。スーツを着た男が土足のまま入ってくる。

「樽沢さん、準備できました。ワゴンを下に待たせてあります」

男の言葉に樽沢は頷き、秋田を見下ろす。

「立て。行くぞ」

樽沢が命ずる。

秋田は軋《きし》む体を起こし、樽沢たちと共にマンションを出た。

6

午後四時前、捜査に出ていた刑事たちが続々と青山中央署に戻ってきた。長尾と秋田の身辺を調べていた静花と浜中も戻ってきている。篠宮の周りに捜査員たちは集まり、簡単な捜査会議が行なわれていた。

「秋田と長尾の件ですが、長尾が以前、秋田の経営するリフォーム会社に勤務していて、社長と従業員という関《かか》わり合いでした。長尾が辞めた後は、接点はなかったようです」

浜中が言う。

「では、今回、秋田と関係のある橋爪の借金を回収していたのが長尾だったというのは偶然だったということか？」

篠宮が訊く。

「それがですね――」

静花が口を開いた。

「長尾の友人知人をあたったところ、三週間ほど前、長尾がよく通っていたパチンコ店の駐車場で、秋田氏らしき男と会っていたという証言を得ました」

「宝福での事件が起こったすぐ後か……」

「はい。その後、急に羽振りが良くなったそうです。さらに、長尾についてですが、このところ、宝石や美術品などの勉強をしていたそうです。知人には趣味で勉強していると言っていたようですが、親しい者には、故買は儲《もう》かると話していたそうです」

「故買という言葉を使ったのか？」

「そのように話しています」

静花が言った。

「それに関係しているかわかりませんが」

中年刑事がペンを上げた。

「酒井弁護士の顧客の中に質店がありまして、その質店の顧客名簿に、出頭してきた有賀、松沼、江木の名前がありました」

中年刑事の言葉に続き、隣の女性刑事が口を開く。

「そのうちの有賀なんですが、有賀の妹さんに話を聞くことができました。有賀は妹夫婦に百五十万ほど借金をしていたそうですが、出頭前に全額返しています。いい仕事が見つかったとのことでしたが、金の出所はわからないそうです」

「そういえば、橋爪も借金のほとんどをまとめて返していましたね。関係あるんでしょうか？」

話を聞いていた若い男性刑事が訊いた。

「何とも言えないな……」

篠宮は眉根を寄せて、腕組みをした。

「中島の関係者と酒井弁護士、もしくは有賀ら三名、彼らが利用していた質店などの接点は？」

篠宮が中年刑事に顔を向ける。

「調べてみましたが、敬老館の関係者と酒井弁護士らとの接点は出てこなかったですね」

「そうか……」

「課長、私と浜中さんの推論なんですが」

　静花が手を上げた。

「やはり、宝福の事案の実行犯は、中島氏を中心とした敬老館の関係者ではないでしょうか。中島氏が出頭した後、秋田氏は盗んだ宝飾品を換金するために長尾と接触。長尾は盗品を流して見返りに金を受け取った。出頭してきた有賀たち三人は長尾が用意した替え玉で、酒井弁護士の手配も長尾が行なった。そうすると、長尾の羽振りのよさや橋爪の急な借金返済などの説明は付きます」

「いや、ちょっと待ってくれ」

　中年刑事が口を挟む。

「長尾と、酒井が関係している質店、有賀や松沼らとの接点は出てきていない。秋田らが実行犯で、長尾を通じて盗品を処分したとすれば、それなりのルートを通しているはずだ。その関係性がわからないうちに、そう推論を立てるのは、時期尚早と思うが」

「私も同意見です」

　篠宮が言う。

「今はまだ、自首してきた者たちの裏取りと敬老館の関係者の捜査を同時進行で――」

　話していると、篠宮の携帯電話が鳴った。

　篠宮は「失礼」と断わり、電話に出た。

「篠宮だ。うん……秋田が動いた！」

篠宮は携帯を握り締めた。

捜査員たちが一斉に篠宮を見やる。

「ああ……わかった。君たちはそのまま、秋田が乗り込んだワゴンを追尾し、逐一、私に報告を」

手短に命じ、電話を切る。

「信じられんな……」

篠宮が携帯を見つめる。

「どうしました、課長？」

浜中が訊いた。

「いや、磨さんが、秋田が動くかもしれないと言うので、念のため、秋田のマンションを捜査員に張らせていたのだが、まさか、こんなにも早く動きがあるとは」

「また、ラッキーか」

浜中が舌打ちをする。

静花は浜中の脛《すね》を軽く蹴飛ばした。浜中が大仰《おおぎょう》に痛がる。

「御前、磨さんを呼んできてくれないか。秋田が動いたと」

「わかりました」

静花は立ち上がり、刑事部屋を出た。

静花は小走りで、第二取調室へ行った。ノックし、ドアを開ける。

「おお、御前。帰ってきていたのか」

「はい、さっき」

静花は笑顔を向け、鶴麿に歩み寄った。顔を近づける。

「麿さん、秋田氏が動いたそうです」

小声で言う。

鶴麿は目を見開いた。こぼれそうになる笑みを何とか押し止める。

「課長が呼んでくるように、と」

「わかった」

鶴麿は頷き、中島に顔を向けた。

「中島さん、聞こえていましたか？」

「はい……」

「正直に話しましょう。私は今回の事件は、あなたと秋田さんたちが起こしたものだと確信しています。もちろん証拠はまだありませんし、自首してきた者たちがいるので、断定はしませんが。秋田さんにお会いしたとき、私はそう感じました。おそらく、中島さんから綾部さんの話を聞いて、義憤に駆られたのではないでしょうか？　しかし、もし真実が私の予測通りなら、今まさに、秋田さんや橋爪君たちの身に何かが起こっている。犯罪絡みの話です。まともな話でないことは容易に想像できます」

鶴麿は静かに語りかけた。

中島はうつむいていた。何かを堪《こら》えるように、太腿《ふともも》に置いた両手を握り締める。

「中島さん。あなた方の行為は決して許されるものではない。しかし、誰にでも間違いはある。間違いを正すのに、年齢は関係ない。秋田さんたちにこれ以上、罪を重ねさせてはいけない。違いますか？」

鶴麿は問うた。

中島は口を噤《つぐ》んだままだった。

鶴麿はゆっくりと立ち上がった。

「今日はこのくらいにしましょう」

「あの……刑事さん」

中島が顔を上げた。

「源さんたちに、何が……」

「詳細はわかりません。しかし、必ず私たちが彼らを救います。あなたも、本当に彼らを救う道を真剣に考えてあげてください。お願いします」

鶴麿は深く頭を下げ、取調室を出た。

静花が後から出てきて、鶴麿に駆け寄る。

「麿さん」

「なんだ？」

「感動しました」

「何がだ？」

「麿さんの深い思いやり、きっと中島さんにも届くと思います」

静花は瞳《ひとみ》をキラキラさせ、鶴麿を見つめた。

「気持ち悪いな、おまえ……」

鶴麿は少し体を避け、静花を一瞥《いちべつ》した。

小走りで刑事部屋に入る。すぐさま、篠宮のデスクに近づいた。

「課長、秋田が動きましたか」

「ええ、麿さんの予想通りです」

篠宮が言う。

浜中がちろっと鶴麿を見上げる。鶴麿は見返し、鼻息を吐いた。チョビ髭が揺れる。

「秋田は今、どこに？」

「ワゴンで東名高速を西へ向かっているようです」

「伊豆ですな」

鶴麿が言った。

「断定して大丈夫ですか？」

浜中が言う。

鶴麿は浜中を睨み、サイバー班の警察官に目を向けた。

「君。先ほど、私が言った通り、秋田氏の携帯電波は捕捉できているか？」

「はい。今、厚木インターあたりです」

「秋田氏の携帯に電話は？」

「四十分ほど前にかかってきました」

「その番号の発信場所は？」

「修善寺付近です」

警察官が言う。

「課長、おそらくそこに、吉岡氏と橋爪君はいます。秋田氏はそこへ向かっているのでしょう。秋田氏は一人で出かけましたか？」

「いや、三、四人のスーツの男たちと共に出かけたそうだ」

「まずいな……」

「まずいとは？」

「そのスーツの男たちは、ひょっとすると、長尾と関わり合いがある者かもしれません」

鶴磨が言う。

確証があるわけではない。が、事は鶴磨の予想通りに動いている。少々できすぎだと思いつつも、鶴磨の口は止まらなかった。

「課長。私見ですが、今回の事案、二つのグループが動いているように感じています。一つは中島氏を中心とした敬老館のグループ。もう一つは、スーツの男たちを動かしている何者かのグループ。おそらく、長尾もこちらに関係しているのでしょう。私は長尾に接見して、黒幕を――」

「磨さんと御前は、秋田や橋爪と面識がありましたね」

「ええ、まあ……」

鶴磨は言葉を遮られ、不服そうな顔をした。

「二人は修善寺に向かってください」

「いや、私は、長尾から黒幕をですな――」

「浜中も磨さん、御前と共に修善寺へ。他の者は、長尾の取り調べと酒井や有賀たちの線から背後関係を特定。ここが勝負になりそうだ。急いで調べてくれ」

篠宮は捜査員たちに命令した。

捜査員が一斉に立ち上がる。

「磨さん、行きましょう」

静花が言う。

「いや、私は長尾のですなあ――」

「磨さん、たまには署内から出なきゃ。行きますよ」

浜中が腕を取った。

「あ、いや、私は長尾でなければ、中島氏の取り調べを――」

鶴磨は抵抗したが、浜中と静花に連れられ、刑事部屋から出ることになった。

7

午後六時少し前、秋田を乗せたワゴンは修善寺の温泉街に着いた。桂川《かつらがわ》沿いの旅館に入っていく。小ぢんまりとして落ち着いた雰囲気の温泉宿だ。

が、秋田や樽沢の雰囲気は、リラックスとは程遠い。緊張感を漂わせたまま、階段を上がり、奥の部屋へ向かう。最奥の部屋の前で立ち止まり、ドアをノックする。すぐさま、ドアが開いた。

「秋田さん！」

顔を出したのは、橋爪だった。笑顔を向ける。

しかし、たちまちその顔から笑みが消えた。

「のんびり、温泉か？」

樽沢は、秋田を押しのけ、先に入った。橋爪の腕をつかむ。

窓際の椅子《いす》には吉岡が座っていた。窓の向こうには桂川が流れている。

「机を退《ど》けろ」

樽沢が言う。スーツ男の一人が、部屋の中央にある猫脚机を立て、壁際に寄せた。

「こっちに来い」

樽沢は吉岡を睨みつつ、橋爪を部屋の中央に投げた。橋爪は足がもつれ、畳の上に膝を突いた。吉岡が橋爪の脇に歩み寄り、屈む。スーツ男の一人が、窓際の椅子に座った。

秋田が他の男に腕を持たれ、中へ入ってきた。スーツ男が秋田を突き飛ばす。秋田はよろけて、二人の脇に近づいた。そのまま座り、胡坐《あぐら》をかく。

「やっさん、孝行、すまねえ。出がけに捕まっちまった……」

「怪我は大丈夫かい？」

吉岡は秋田の顔を見て、心配する。

「たいしたことねえよ」

手の甲で、鼻の周りに付いた血の塊を拭う。

スーツ男の一人はドア前の小上がりに立った。他の男たちが三人を囲む。樽沢は、三人の正面に座り、胡座をかいた。

「橋爪。てめえ、好き勝手にやってくれたな」

樽沢が睨む。

「てめえのせいで、計画がムチャクチャだ。今すぐ、殺してやりてえぐらいだ」

橋爪は蒼《あお》くなって震えた。

「おい、孝行には手を出すな。おまえらがその気なら、ここで騒ぐぞ」

秋田が言う。

「殺してえと言っただけだろうが。そう尖《とが》るな」

「わしらに何をさせる気だ」

吉岡が樽沢を見据える。

「おまえらには何もさせねえ。仕事をするのは、俺と秋田だ」

「源さん、いったい何をする気だ?」

「やっさんたちは心配しなくていい」

「こいつらの言いなりになるくらいなら、警察へ行こう」

「やっさん……」

「最初から、そうしていればよかったんだ。そうすれば、こんなダニのような連中につけ込まれることはなかった」

「おいおい。ダニとは言ってくれるじゃねえか」

樽沢が気色ばむ。

「そのダニに、盗品を売り捌《さば》いたり、身代わりを依頼したのはどこのどいつだ？　人一人バラして、宝飾品を根こそぎ盗んでおいて、自分らだけ潔癖面してんじゃねえよ、ジジイ」

「おまえらのような者と一緒にするな！」

吉岡は声を張った。

樽沢のこめかみが疼《うず》いた。が、大きく息を吐いて、薄笑いを浮かべた。

「まあいい。これだけは覚えておけ」

三人を睥睨《へいげい》する。

「秋田は俺と仕事をする。おまえらが警察に駆け込んで、すべてをゲロしたら、自首した中島がどこにいようとも不幸な目に遭う」

「し……シゲさんに、何をする気だ！」

吉岡が唇を震わせる。

「何もしねえよ。おまえらが、つまらない真似《まね》をしなけりゃな」

樽沢は顔を上げた。

「せっかく、温泉宿に来てるんだ。時間まで、うまいものを食って、風呂《ふろ》にでも入ろうぜ。なあ、お三方」

余裕の笑みを覗《のぞ》かせる。

三人は、どうすることもできなかった。

8

秋田たちから遅れること一時間、鶴磨たちは修善寺に到着した。秋田たちが入った旅館の近くに行き、車を停める。ワゴンを追尾していた仲間の捜査員の一人が、鶴磨たちを認め、駆け寄ってきた。

「ご苦労さんです」

若い刑事が鶴磨に挨拶《あいさつ》をする。

鶴磨は胸を張り、口元を結んだ。気合が入り、チョビ髭がたなびく。

浜中は、虚勢を張る鶴磨を見て笑う。横にいた静花は、浜中に肘鉄《ひじてつ》を食らわせた。浜中が顔をしかめ、腕をさする。

「状況は?」

「秋田と思われる大柄の男と共に四人のスーツの男が旅館へ入っていきました。小一時間ほどになりますが、まだ中にいます」

「ワゴンは？」

「竹林《ちくりん》の小径《こみち》を抜けたところにある駐車場に停めてあります。ワゴンの前には我々の車を停めているので、逃げられる心配はありません」

「吉岡、橋爪両氏は？」

「確認はできていませんが、従業員の話では、秋田たちが到着する前に二人の男性がチェックインしたそうです。一人は初老の男性、一人はやせた青年ということです」

「吉岡、橋爪の二人で間違いなさそうだな」

「どうしますか？」

静花が訊く。

鶴磨は頭数を数えた。静花、浜中、先行した二人の刑事、そして自分。敵は、吉岡と橋爪を入れると七人。勝てるわけがない。だからここに来るのは嫌だったんだと、静花たちを見ながら考えていると、浜中がニヤニヤしているのが目に入った。

こいつ、また私をバカにしおって――。

「応援を要請しますか？」

若い刑事が言う。

「その方がいいんじゃないですか？　万が一があると、事ですし」

浜中がニヤつきながら言う。

鶴磨は奥歯を嚙《か》みしめた。

「いや、これは我々の事案だ。青山中央署の面々で処理しよう」

力強く言い切る。

静花は瞳を輝かせた。一方で、浜中は鼻で笑っている。

「旅館内の様子はわかるか？」

「はい。ロビーを抜けてすぐ右手に階段があります。そこから上階へ。三階は宴会場で誰もいません。吉岡らは二階の一番奥の部屋に滞在しているようです。部屋の窓側は桂川となっていて、小さなベランダがあり、そこから桂川へ下りる避難ハシゴがあります。非常階段も廊下の突き当たりにあります」

「そうか……」

鶴磨は腕組みをした。

自分が指揮を執り、一網打尽にすれば、株は上がる。しかし、しくじれば大きな失点となる。いい流れで来ている。ここは自分の手柄にしたい。

やはり、応援を要請した方が……。

万全な態勢を取ろうと思いかけたときだった。

「磨さん、あれ！」

浜中が壁に身を寄せた。

鶴磨たちもとっさに壁際に身を寄せる。

秋田が大柄のスーツ男と共に出てきた。並んで歩いているというよりは、秋田が前を歩かされている格好だ。

「駐車場の方へ向かっていますね」

若い刑事が言う。

このままでは、逃げられる。

鶴磨は決断した。

「御前！　二人を確保するぞ！」

「はい！」

「浜中、他の二人と部屋の中の男たちを捕らえろ」

「了解！」

浜中ともう二人は、旅館に駆け込んだ。

鶴磨と静花は、秋田たちの方へ走った。

鶴磨はわざと、静花を先に行かせた。相手にするなら、吉岡か橋爪がいい。しかし、部屋には五人の男が残っている。五対三より、二対二の方がまだ勝機はある。それに、こっちには静花がいる。

いざとなれば、応援を呼べばいい。

鶴麿は思いつつ、秋田とスーツの男を追った。

スーツ男と秋田は、竹林の小径に入った。

ここは修善寺観光の名所だ。桂橋《かつらばし》から滝下橋《たきしたばし》までの桂川沿い四百メートルに石畳の散策道が延びている。歩道の両脇には十メートルを超える孟宗竹《もうそうちく》が植えられていて、何とも言えない幻想的な緑壁空間を演出している。暗くなるとライトアップされ、濃い緑が薫《かお》る空間がさらに趣を増す。

静花は足音を忍ばせ、小走りで秋田とスーツ男の背後に迫っていく。長い髪の端をなびかせ、忍び寄る姿はまるでくノ一だ。

静花は男の真後ろまで来た。

スッと横向きになる。瞬間、男の膝裏に足刀蹴りを放った。

男の膝がカクッと折れ、上体が後ろに傾く。

静花は素早く足を入れ替え、男の顔面に向け、左回し蹴りを放った。静花の足の甲が斜め後ろから、男のこめかみあたりに迫る。

当たる！　と思った瞬間、男が顔の横に腕を立てた。静花はそのまま足を振り抜き、足の甲を顔面に当てようとした。しかし、男は後方に転がった。顔の前にガードを立てたまま、身を起こす。

強い……。

静花は身構えた。

秋田は後ろを振り向いた。静花と鶴麿の姿を認め、目を見開く。スーツ男が離れたとみるや、散策道の奥へ走った。

「麿さん！」

「お、おう！」

鶴麿は、男の脇を通り過ぎようとした。

その時、男が左腕を振った。太い腕が鶴麿の顔面に迫る。鶴麿は、突然目の前に現われた腕を避けられなかった。

顔面に腕がめり込んだ。鶴麿の踵《かかと》が浮き上がる。両脚が振り上がり、鼻腔から血をまき散らしながら宙を舞い、落ちていく。

「麿さん！」

静花の目が吊《つ》り上がった。

鶴麿はしたたかに背中を打ちつけ、息を詰まらせた。

遠くで、秋田が立ち止まった。竹林に身を隠し、静花や鶴麿の様子を見る。

男は、鶴麿の襟首をつかんだ。左腕を首に巻く。

「ぐえっ！」

鶴麿は目を剝いた。息が苦しい。

「どけ、女」

「放しなさい」

「こいつを絞め殺すぞ」

男が左腕に力を込める。

「うぐっ……」

鶴麿がさらに目を剝いた。顔が紅くなる。

「どけ」

男は静花を睨んだ。

静花は仕方なく道を開けた。すれちがいざまを狙おうと思った。が、男は鶴麿を静花に向け、ゆっくりと過ぎていく。そして、反対を向き、静花を見据えたまま後ろ向きに歩いた。

一風呂浴びて夕涼みしている近隣ホテルの宿泊客や観光客たちが、事態に気づき、ざわついている。男が近づくと、客たちは道を開ける。

静花は距離を保ったまま、男を見据え、ついていく。

鶴麿は男の腕の中でもがいていた。しかし、男はビクともしない。

「た……たす……」

鶴麿が目を白黒させる。苦しくて、口からは涎《よだれ》が垂れていた。

静花は男の隙《すき》を狙う。が、なかなか男は警戒を解かない。

じりじりと男が後退していき、それを追う時間だけが過ぎる。

男の背後が開ける。竹林の小径名物の円形ベンチがある場所に近づく。ベンチでくつろいでいた浴衣姿の客たちも、異様な雰囲気を感じ、立ち上がって、男や静花たちを遠巻きに見つめた。

このままじゃ、埒《らち》が明かない。鶴麿の顔も赤から紫に変わり始めている。

行くしかない。

静花が飛び込む機会を窺《うかが》っていたとき、竹林から大きな黒い影が飛び出してきた。

男が気配に気づき、顔を向ける。瞬間、大きな影は男にぶち当たった。男が腰を折った。挟まれた鶴麿は双眸を剝いた。

「麿さん！」

静花が駆け出した。

大きな影は秋田だった。秋田は男に組みついた。

男が後退する。円形ベンチに、ふくらはぎが当たる。男はそのまま後方にひっくり返った。秋田もそのまま倒れ込む。男が背を打ちつけた。大男二人に挟まれた鶴麿が息を詰まらせた。

秋田が男の上から転がり落ちる。男の腕が弛《ゆる》み、鶴磨も男の脇に転がり、ベンチから落ちた。

「おまえー！」

静花は猛然と駆けてきた。柳眉《りゅうび》を吊り上げ、髪をはためかせる。

「許さない！」

円形ベンチの前で、静花は飛び上がった。

ベンチをほんのりと灯《とも》していたライトが、静花に当たる。スポットを浴びた静花の体が宙で回転する。

静花は右脚を伸ばした。勢いの付いた踵が男めがけて落ちていく。男は静花に気づき、顔面をガードしようとした。が、わずかに遅れた。

静花の踵は男の腕をすり抜け、男の額にめり込んだ。

男が短い悲鳴を上げた。額が裂け、血がしぶく。

静花は横に転がり、立ち上がった。すぐさま、円形ベンチに飛び乗り、中央で身構える。

男が身を起こした。背後の気配に気づき、振り返ろうとする。

静花は髪をなびかせ、右脚を振った。脛が男の顔面を捕らえる。そのまま振り切った。

男は強烈な蹴りに弾かれ、吹き飛んだ。ベンチから転げ落ち、横に二回転してうつぶせ、動かなくなった。

静花は蹴りの勢いで一回転し、ベンチの中央で身構え、男を見下ろした。男が気絶したのを見て、腕を下ろす。

と、周りから拍手が湧《わ》き起こった。

「すごいな」

「かっこいいー」

老若男女、静花の美しくも激しい立ち回りに魅了されていた。

周りの人だかりに気づき、静花は顔を赤らめた。周囲に目を向ける。鶴麿の姿が映った。

静花はベンチから飛び降り、鶴麿に駆け寄った。

「麿さん！　大丈夫ですか！」

脇に屈み、上半身を抱き上げる。

「麿さん、しっかりしてください！」

静花は鶴麿を抱き締めた。

周りの人々が、何とも不似合いな光景にざわつく。

「放せ、バカモノ……」

鶴麿が小声で言う。

静花は鶴麿の顔を見た。その顔が近いことに気づき、真っ赤になって、鶴麿を放り出した。いきなり腕を離された鶴麿は、背中から落ち、後頭部を軽く打った。

「あいたっ！」

「ああ、すみません……」

静花は横で正座をし、しゅんと肩を落とした。

「いいから、あの大男に手錠をかけておけ。また暴れ出されてはかなわんからな」

「はい」

静花は倒したスーツ男に駆け寄り、後ろ手に手錠をかけた。

倒れた鶴磨の元に秋田が近づいてきた。

「大丈夫かい」

「たいしたことはありませんよ」

鶴磨が笑顔を見せる。途端、鼻血と涎が同時に垂れた。鶴磨はあわててハンカチを出し、口元を拭った。

秋田は鶴磨を見て微笑《ほほえ》み、手を握って立たせた。円形ベンチに連れていき、座らせ、自分も隣に腰を下ろした。

「すまなかったな。あんたらには迷惑をかけちまった」

「気にせんでください。仕事ですからな」

鶴磨は余裕を見せた。

スマートフォンが鳴った。鶴磨はポケットからスマホを出し、繋いだ。

「三木本だ」

――磨さん、こっちは全員確保しましたよ。

浜中だった。

――そっちはどうですか？

「こっちも終わった」

――やられたんじゃないですか？

「余計なお世話だ！」

鶴磨が怒鳴る。電話の向こうで笑い声が聞こえた。歯ぎしりをして、手元を睨む。

――あー、全員護送するのに車が足りないんで、所轄に応援頼んでいいですか？

「そうしてくれ。竹林にも所轄の人間をよこしてくれ」

――了解です。

軽く返事をし、浜中が電話を切った。

「秋田さん。旅館にいた男たちもみな、拘束させてもらいました。あなたと待ち合わせをしていたのは、吉岡さんと橋爪君に間違いないですね？」

「ああ、そうだ」

「秋田さん。逃げ回っている限り、こうしたことは何度でも続く。あなたはともかく、吉岡さんや橋爪君、中島さんがあのような連中と渡り合えるとは思わない」

スーツ男を一瞥する。

「宝福南青山店で何があったのか。その後、なぜこのようなことになったのか。話していただけませんか」

「……そうだな。そうするよ」

秋田は両手首を合わせ、前に突きだした。

鶴磨は、その腕をそっと押さえた。

「これ以上、バカな真似はしないでしょう」

鶴磨が微笑む。

秋田は両手首を合わせたまま、深く腰を折った。

独鈷《とっこ》の湯の方向から、連絡を受けた所轄の警察官がやってきた。

「三木本警部は？」

「私だ」

鶴磨が立ち上がる。

警察官が敬礼をする。

「護送するのは誰ですか？」

「そいつを頼む。御前、連れていけ」

「はい」

静花は警察官と共にスーツ男を立たせた。男を連行していく。

「私らも行きますか」

鶴麿は秋田の腕を軽く叩いた。秋田は頷いて立ち上がった。

静花たちの後ろについて歩く。

「刑事さん」

「何です？」

「あんたの相棒は強いねえ。その上、きれいだ。彼女が胴回し蹴りを放ったときは、天女が舞ったのかと思ったくらいだよ」

「天女ねえ……」

私には鬼神に見えるがな。

鶴麿は静花の後ろ姿を見つめ、大きく息を吐いた。

エピローグ

修善寺から戻った翌日、鶴麿は少しゆっくりし、午後から署に赴いた。

刑事部屋に入ると、すぐさま静花が駆け寄ってきた。

「麿さん、お疲れ様です！」

「ああ、お疲れ」

適当に返事をし、自席に向かう。

「怪我《けが》は大丈夫ですか？」

静花が顔を覗《のぞ》き込む。

「大丈夫だ！」

鶴麿は煙たそうな顔をして、右手の甲を振り、静花を追い払った。

椅子《いす》に座ると、篠宮が寄ってきた。

「麿さん、ご苦労さんです」

「午後出ですみませんでした」

「いえ、昨日は大変でしたからね」

篠宮は微笑《ほほえ》み、労をねぎらった。

「さて、昨日拘束した者たちの取り調べをしなきゃならんですな。私は誰を担当しましょうか？」

「いや、それはもう大丈夫です」

「どういうことです？」

鶴麿は怪訝《けげん》そうな顔をした。

「昨日、磨さんが秋田や吉岡たちを拘束した後、中島氏が真相を全面自供したんですよ」

「なんと……」

鶴麿は目を丸くした。

しかし、心中では歯噛《はが》みしていた。中島の自供は、自分が引き出したかった。それでこそ、手柄を独り占めできるというものだ。他の者に手柄をくれてやるほど忌々しいことはない。

なんとか、挽回《ばんかい》できる手はないものか……。

思案していると、静花が言った。

「中島さんの自供は、磨さんのおかげです」

「んっ？」

静花を見やる。

「中島さん、昨晩取り調べた警察官にこう言ったそうです。三木本さんには何もかも見透かされているようで、隠しおおせる自信がなくなったと。それだけじゃありません。修善寺に出向く前、磨さんが諭した言葉もしっかりと中島さんに届いていたようです。さすがです、磨さん」

静花は我が事のように喜んでいた。

「修善寺で拘束したスーツ男たちの取り調べも進んでるんですけどね」

浜中が割って入ってきた。

「磨さんが睨《にら》んだ通り、二つのグループが別々に動いていました。長尾は秋田から頼まれて、故買屋の佐久間を紹介したそうです」

「佐久間というのは？」

「表向きは投資顧問会社を経営していたようですが、実態は、顧客のニーズに合わせた盗品の売買をしていたようですね。手配は済ませたんで、すぐに捕まるでしょう。三課が興味を示してますよ」

「なるほど、そういうことだったか」

「あれ？　磨さん、適当なことを言っていたんですか？」

浜中が疑わしげに目を細める。

「バカモノ！　全体の流れを俯瞰《ふかん》すれば、そうした図式も見えてくるだろう。私は可能性を述べたまでだ。その可能性に思いが至っていないとすれば、君もまだまだだな」

鶴麿が返す。

「勉強させてもらいますよ」

浜中はそう言い、自席に戻った。

「出頭してきた有賀、松沼、江木は全員、佐久間が用意した身代わりでした。中島氏に、写真と名前が間違っていたことを知らせると、磨さんにやられたと言ってましたよ。それも中島氏が自供するきっかけとなりました」

篠宮が言う。

「少し、機転を利かせただけです」

鶴麿は笑みを抑えようと口をすぼめた。鼻息がこぼれ、チョビ髭《ひげ》を揺らす。

「いやしかし、今回の洞察は恐れ入りました。昨日、磨さんが秋田追尾の指示をしていなければ、事態はもっと混沌《こんとん》としていた。ありがとうございました」

「いやいや、当たり前のことをしたまでです」

鶴麿は込み上げる歓喜を抑えた。あまりに抑えすぎて、頬《ほお》がぴくぴく蠢《うごめ》く。

「磨さん、具合でも悪いんですか?」

静花が心配そうに覗き込む。

「私を年寄り扱いするな」

鶴磨は静花を睨《にら》んだ。

「すみません……」

静花がしょげる。

篠宮のデスクの電話が鳴った。

「もしもし……ああ……強盗事案だな。わかった、すぐ向かう」

篠宮が電話を切る。

「磨さん、北青山のアクセサリー店で強盗事案です」

「休ませてくれませんな」

鶴磨は太腿《ふともも》を平手で打ち、立ち上がった。

「行きましょう」

鶴磨は胸を張り、悠然と刑事部屋を出て行った。

「あ、磨さん！　私も行きます！」

静花が鶴磨を追いかける。

「さてさて、今度も磨さんのミラクルが出るんですかね？」

浜中が篠宮に小声で言う。

「油を売ってないで、君も急げ」

「了解です」

浜中が小走りで部屋を出る。

「本物なのか、あの人は……」

篠宮は、静花にまとわりつかれながら署を後にする鶴磨の背中を見つめ、ぼそりとつぶやいた。

Haruki Bunko
ハルキ文庫

や 13-1

サイドキック

著者 矢月秀作《やづきしゅうさく》

2016年9月18日第一刷発行

発行者 角川春樹

発行所 株式会社角川春樹事務所
〒102-0074 東京都千代田区九段南2-1-30 イタリア文化会館

電話 03(3263)5247(編集)
03(3263)5881(営業)

印刷・製本 中央精版印刷株式会社

フォーマット・デザイン 芦澤泰偉
表紙イラストレーション 門坂 流

ISBN978-4-7584-4036-3 C0193 ©2016 Shusaku Yazuki Printed in Japan
http://www.kadokawaharuki.co.jp/[営業]
fanmail@kadokawaharuki.co.jp[編集]　ご意見・ご感想をお寄せください。